中国文学名家散文精选丛书

花木长红

谷雨 著

江西高校出版社
JIANGXI UNIVERSITIES AND COLLEGES PRESS

南 昌

图书在版编目（CIP）数据

花木长红 / 谷雨著 . -- 南昌 : 江西高校出版社,
2025. 6. --（中国文学名家散文精选丛书). -- ISBN
978-7-5762-5519-5

Ⅰ . I267

中国国家版本馆 CIP 数据核字第 2024PA5035 号

责 任 编 辑　曹　莉
装 帧 设 计　夏梓郡

出 版 发 行　江西高校出版社
社　　　　址　江西省南昌市新建区工业二路 508 号
邮 政 编 码　330100
总 编 室 电 话　0791-88504319
销 售 电 话　0791-88505090
网　　　　址　www.juacp.com
印　　　　刷　鸿鹄（唐山）印务有限公司
经　　　　销　全国新华书店
开　　　　本　650 mm×920 mm　1/16
印　　　　张　13
字　　　　数　160 千字
版　　　　次　2025 年 6 月第 1 版
印　　　　次　2025 年 6 月第 1 次印刷
书　　　　号　ISBN 978-7-5762-5519-5
定　　　　价　58.00 元

赣版权登字 -07-2024-921

关于书名（代序）

　　写下《花木长红》，耳边仿佛唱起那首歌："花儿为什么这样红？为什么这样红？哎——红得好像，红得好像燃烧的火，它象征着纯洁的友谊和爱情。"其实，这个书名却并不是源于这首歌。

　　花，是五颜六色的，哪能都是红的？草木主要是绿色的，也不红啊！"长红"似乎更是不可能的事。之所以取《花木长红》这个名字，是我在整理"寻花问柳"系列文章时，突然想到友人郦清一本书的名字《岁月如红》。《岁月如红》是她以游记为主的散文集，书中她以清雅舒缓的文字，写出眼里心里美好的风物景致以及对生活的执着与追求。最初我并不明白她为什么取这样一个名字，慢慢地我理解："红"是奔放的，是热烈的，是经久不衰的，《岁月如红》是燃烧的岁月，也是作者对人生最诚恳的态度。我喜欢那个"红"字，遂把我的这本集子取名《花木长红》。我将书名告诉阿滢，阿滢说："我的书名是《诗酒山川》，只是不明白你为什么取《花木长红》。"《诗酒山川》很大气，而《花木长红》却让人迷茫，我觉得很有必要说一下这个书名，遂落笔写下"关于书名"权当序言。

　　"红"不只是指花的颜色，不只是代表喜庆、胜利、成功，还有得宠的含义，还有永不言败的意思。花花草草，阳光雨露，都是人世间最美好的事物，何况是我无比喜欢的，当然要爱着宠着，在我的心目中，它们也会一直成长，盛开，一直"红"下去，绝不是一时"走红"。

　　从跨越时空这个意义上来说，我觉得花木已经做到了长红。就拿荷花来说，《诗经》有"彼泽之陂，有蒲菡萏"；《离骚》有"制芰荷以为衣兮，集芙蓉以为裳"；曹植有"迫而察之，灼若芙蕖出渌波"；唐诗有《采莲曲》；宋周敦颐写《爱莲说》；清李渔写《芙蕖》；朱自清写《荷塘月色》；就在前几日诗人梁铁荣写有"池中澄澈水，款款荡清波。温润凝新芰，娉婷出小荷。临风纤影瘦，映日笑颜酡。菡萏离尘外，虔心供佛陀。"一首小诗，我觉得她为小荷画像才情不让古人，诸如此类对花木的描写还有很多，自古至今，从未间断，今天我们依然在赞美，我们的后代也会一直赞美下去。

或问，花真能不败而长红吗？聪明的"红人"还有"跌跤"的时候，俗话也说"花无百日红"，花开花谢，这是自然规律，谁也不能让花儿永久地开在枝头。的确，就一朵花而言，从含苞到盛开到凋落，时间不会太久，因此也才有"昙花一现"之说；就一树花而言，一朵花败，一朵花又盛开，接二连三，花开的时间就要长一些了，凌霄、紫薇、扶桑等等花期都很长，有的一年四季都会开花，松针柏叶也不是不死不落，只是推陈出新，叶叶相替，才成为常青树；就长远来说，今年开罢，明年又开，老树死去，新树又生，即使一种植物灭绝了也会有新物种诞生，"年年岁岁花相似"说的就是这一意义上的长红，长生。

或曰，花能如此，今年开罢明年开，而人却韶华易逝，鬓生白发，转眼百年，老死无知，别说再去看花，或许转眼自己都变成了花肥，这也让许多人发出"岁岁年年人不同"的感慨。苏东坡泛舟赤壁时，就听到了朋友这样的牢骚，苏东坡当时是这样回答的："客亦知夫水与月乎？逝者如斯，而未尝往也；盈虚者如彼，而卒莫消长也。盖将自其变者而观之，则天地曾不能以一瞬；自其不变者而观之，则物与我皆无尽也，而又何羡乎？"取名《花木长红》恰是我"自其不变者而观之"的选择啊！

2024 年 9 月 23 日于拙书堂

目 录
CONTENTS

第四辑
花　外

第一辑

乔木

苦楝树

　　我曾住向阳小区整整十年，而这十年匆匆而过，如今再到这个小区，多有恍惚之感。去年一次，我把车停在小区对面建行门口，去向阳市场一家熟食店买肉，这家猪头肉做得好！肥而不腻，皮色金黄，劲道十足，满口生香。买了他家十年，也馋了十年。可我停车时，却被一棵大树深深吸引，久久不肯离去，一时间竟忘记了买肉。我惊讶它竟不是法桐，而是我叫不上名字来的一棵大树。我住向阳小区的十年间，几乎日日都从它身边经过，怎么会没有发现它呢？如今搬离了十几年后，这才发现它的不同。我还惊讶它与法桐站在一列，竟毫无违和之感。似乎它们是兄弟，是战友！更应该是恋人。

　　这段路，原来算是向阳路南首，如今道路南北延伸，只能算是向阳路中段了。这一段，两边全是法桐树，粗壮的枝杈，犹如巨人的臂膀，让人熟悉到都已懒得看了。这些法桐，还是我刚入住向阳小区时才种的，当时手腕那么粗，如今二十多年过去，都超过水桶粗，有些已经搂不过来，它们枝繁叶茂，"勾肩搭背"，蔚为壮观！尤其夏天，向阳路和金斗路、青龙路等一样，多亏这些高大的法桐遮天蔽日，行人才得享绿荫。

而吸引我的这棵树，虽然与法桐一样粗细，一样高大，却又与法桐有着很大的不同。法桐的树干，白中泛黄，泛青，脱皮处斑驳而光滑。而它有着略带黑色的皮肤，像槐树的枝干，皱皱巴巴，却也十分紧致。法桐的叶子如扇如荷，绿色的叶子上布满细微的绒毛。而这棵树的叶子与法桐相比是细碎的，光滑的。当然，最吸引我的，还是它开着淡紫色的一簇簇细碎的花儿，我想在这初夏时节，能和梧桐花一起盛放的也就是它了。不同的是，梧桐树的花朵大，每一朵都是它的几十倍，梧桐树的花朵更紫，且开花时，远远望去是一片紫色的祥云，几乎看不到一片叶子。而它开花时，树叶虽然稀疏，但是已经张开，浅绿色的叶子镶嵌在淡紫色的花里，星星点点，在左右两侧法桐树叶子的映衬之下，这一树的紫色花儿，泛出蓝色的晕，更加梦幻，更加浪漫。我坐在车里，透过天窗，遥望着天空细碎的紫花儿，急切地想知道它的名字。用手机扫描，可是树叶和花儿都太高，扫描不到，想问一下行人，可是行人匆匆。于是，给住旁边秀水花苑的朋友陈慧君打电话，让她快来赏花，来确认一下树的名字。之后，才不舍地离开，竟忘了买肉的事。

等到下午陈慧君兴奋地给我回电话："呀，还真不知道，小区门口竟然有这样一棵大树，满树紫花！是丁香，是紫丁香！"

我知道，它的花像极了紫丁香，甚至花香也极为相似，但它却不是丁香，我没有反驳朋友的看法，只是留心了这棵树。还无端地猜测：这肯定是二十几年前，园林局买树苗的时候，法桐里夹杂了这棵树，园丁们就当法桐也顺手栽下，"蓬生麻中，不扶而直"，于是乎它开始与法桐比赛：看谁长得更快，更高！执子之手，竟也没有掉队。或许偶尔它们还会交流心得，微风吹起，仿佛也能听见它们低语，像《致橡树》的诗句："我如果爱你……作为树的形象和你站在一起。根，紧握在地下；叶，相触在云里。每一阵风过，我们都互相致意，但没有人听懂我们的言语……我们分担寒潮、风雷、霹雳；我们共享雾霭、流岚、虹霓。仿佛永远分离，却又终身相依……爱——不仅爱你伟岸的身躯，也爱你坚持的位置，足下的土地。"只不过，与法桐相比，它更像一个女生，是替父从军的花木兰吧！

前几天还想着去买猪头肉，再看看这棵未名的树开花了没？这还没去呢，今天在墨石山却发现有一棵树与它相仿，是它的缩小版。我赶紧扫描了它的花和叶子，查询得知它叫苦楝树，南方尤多，是一棵知名度很高的树，却不是稀有的树，宋代孙宗鉴《东皋杂录》有记："江南自春至夏有二十四风。信梅花最先，楝花最后。"梅尧臣《拣花》一诗也尽写它的美丽，"紫丝晖粉缀薜花，绿罗布叶攒飞霞。"

苦楝，苦恋。我一下记住了它的名字，觉得这树的名字比相思树更加伤感，耐人寻味。相思红豆滴血泪，而苦楝树的果实能做成手串，日日摩挲把玩，莫失莫忘。《聊斋志异》里有《香玉》篇，说黄生情痴，苦恋着名字叫香玉的白牡丹和叫绛雪的耐冬花，死后还化作赤芽伴其左右，非常凄美。苦楝树的名字又是什么来历呢？

今天，我与秀水花苑的朋友联系，询问苦楝树的消息，开花了没？并相约为之浮一大白。

丁香

人老心老，好像失去了往日情怀。

儿时，老屋窗前，有一棵石榴树，那是母亲从一老奶奶家的窗前挪来的，当时很细，从光滑的石榴树干就显出它的年轻，树冠也小，只是零星地开很少的几朵花，也不坐果，我们全家都精心呵护它。随着它慢慢长大，皴裂的树皮，弯斜扭曲的身子，我们看得出它在衰老。然而，开花时节，那是满树的火，引的周围邻居都来看，引的小孩子还未吃到石榴就满嘴的酸。每年，一直到十月底，还有不龇牙的石榴在树上缀着。父亲写过一首《石榴》诗："结果曾不论高低，独抱寒枝任风欺。满怀赤子剖腹见，酸甜只有自己知。"我们兄妹都能背诵，可是都无法说清父亲写此诗时的心情。

等我到十几岁的时候，家境依然贫困，还是依靠石榴树旁的一盘老石磨，磨糊摊煎饼维持生计，因为石榴树碍着我们兄妹推磨，只能狠起心把那棵十多年的石榴树砍了。因为贫穷，我们砍了石榴树，家里只剩下影壁墙前的一丛翠竹，还被邻居们称道。父亲整日念叨："宁可食无肉，不可居无竹"，影壁墙上有父亲书写的杜甫诗"两个黄鹂鸣翠柳，一行白鹭上青天，窗含西岭千秋雪，门泊东吴万里船"。翠竹掩映着，墨迹龙飞凤舞，煞是好看，成为下乡照相的人取景的好地方。

可能受母亲的影响，我从小喜欢这些开花的树，看到谁家的屋后墙角有桃树、杏树、枣树的嫩芽儿，不足一拃高，几片叶，我会剜很大的一个坑，小心地把它挖出来，捧在手里，端回家，栽到我家院子里，再在这棵小苗苗的周围插上栅栏，防备小鸡小鸭去破坏。有时候，没认准，稍大才发现那不是桃树、梨树，而是梧桐或槐树；有时候，小孩心性，一时玩疯了，忘记浇水，小树苗干死了；有时候，栽的地方不对，被大人偷偷拔掉了。但也有几次成活的，成活的长到一人多高的时候，妈妈就大方地送人了。记忆中我家除了一棵石榴树外，始终再没有别的开花结果子的树存在。

整个村子，若找寻开花的树，也不过桃树、梨树、杏树、石榴树，当然另外还有槐树、梧桐树。这都是乡下再普通不过的树了，也正是这些普普通通的树，让山村变得美丽热闹。丁香树是稀有的，要是谁家里有一棵丁香树，那是引得许多人家羡慕的，那可是富贵人家后花园里的树种呀。在我十五岁走出村子之前，从来就没有见过丁香花儿。有人比喻石榴树是身着红袄绿裤的村姑，丁香是清纯素淡的少女，一个俗一个雅，一个火热一个清淡。看惯了石榴树，就更加向往拥有一株丁香。尤其是读过戴望舒的《雨巷》后，那清雅凄婉的诗句一直在我耳畔回响："我希望逢着一个丁香一样地结着愁怨的姑娘。她是有丁香一样的颜色，丁香一样的芬芳，丁香一样的忧愁，在雨中哀怨，哀怨又彷徨。"丁香花成为我的梦，我的向往。

我认识丫头的时候，刚好是白丁香开花的时候，一进她家的胡同，就闻到扑鼻的花香，还未走进她家的门，就可以看到那一团团白簇簇的丁香花。这不是戴望舒多情的"雨巷"，就是一个医院家属院的小胡同。那棵白丁香树就栽在她家一进门的墙根，它的腰身是三股拧在一起的，半倾斜，中间稍弯曲，比碗口还要粗些，它越过院墙，将身子靠在墙头上，探身出去，懒懒的，树冠硕大，墙里一半几乎到了房门，墙外一半越过窄窄的胡同，长到别人的家里去，绿叶白花，白花一簇簇的也不美，但是那朴素的身影、淡淡的装扮和迷人的清香，却很雅致，在白丁香的脚下，还半围着一丛紫丁香，白丁香开花的时候，紫丁香也开着紫色的小花，我更喜欢白丁香，因为它已经长成了树，像一位美丽的公主，紫丁香是它的丫鬟侍女。我和丫头在丁香树下看呀，数呀，查不清有多少朵丁香花儿。树下清香，小院清香，胡同清香，整个家属院都是清香的。做菜的时候，摘几朵放在菜里，满口的清香。

每年丁香花开，我们都会回去赏丁香，“丁香花发一低徊”，我们会心头万绪，忆起许许多多丁香树下的往事。有笑有泪，所有的悲伤都为香气冲淡。我们有了小丫头的时候，我们还回去，小丫头会折一大枝白丁香、紫丁香，不时放在鼻子上嗅嗅，把白丁香花塞进衣服里，却把紫丁香插在头上，然后一个劲地问：“你闻闻我，香不香？”若要回答“那是丁香花儿香。”她就会噘着小嘴巴生气地反驳：“不对，不对，是宝宝香。”

后来，白丁香周围又生出了好多小丁香。那时候，父亲过世了，家里的竹子一下子失去了往日的光泽，随着父亲的逝去也慢慢变黄，变枯，直至死去，我觉得我们家的竹子是通灵的。前次回老家，发现那么一大丛的竹子，如今只剩下两株，影壁墙上父亲的手迹也已经剥落。惨淡的心情说不出来的忧伤。我曾挪过一次石榴树，没有成活，红火的石榴已经与惨淡的老屋不相陪衬了。我也曾把小丁香挪到我家的老屋窗前两次，也是一次也没有成活。老屋拒绝着花开。我问母亲：“您不喜欢花了吗？石榴花也好，丁香花也好，多好看，多清香！”母亲什么也没说，母亲已经没有了养花的心绪，人已不在了，谁还看花呢？

其实，我从没觉得石榴花俗而丁香花雅。每当一些影视演员穿上村姑的红袄绿裤时，丫头会说：看呢，多俗呀，大红大绿的穿得像个山妮。这么说是不公正的，真正村姑这身装束时，是十分喜庆，十分淳朴，十分耐看，并不俗气的，之所以看着别扭是因为演员的言行表情没有真正村姑的率真和淳朴，假了就俗了。相反当村姑打扮得和丁香一样时，她们也会觉得别扭，强装斯文而举止扭捏，一样俗不可耐。可见，俗与雅，不能只看外表，要看是否内外一致，表里如一。表里不一即俗，表里如一即雅。

前些日，丫头的老房拆迁，要在原地建高楼，那个温馨的小院马上要夷为平地了，生活富裕了，却不能让丁香树无忧无虑地生长了。只能把丁香树迁到我那破败的老家，那个没有人住的老家。我对搬家的人说，其他都可不要，唯独这棵白丁香，我一定要迁走。北风刺骨，人走房空，小院黄叶堆积，杂物满地，显得那么落败，白丁香枝条舒展，在风中摇曳，倒显得爽快。

有人说这个时节挪树未必养活。有人说多带些"老娘土"会活的。小丫头不懂"老娘土"的含义，还以为说的是姥姥家的土，就建议说，先把姥姥家的土运到奶奶家好了，大家就笑。丫头却说："我嫁到你家，我家的白丁香也嫁到你家了。"这才是最好的陪嫁。

当我们把树冠锯去，把树根刨出的时候，失去枝杈的丁香树，伤口在流泪。昔日的小院，满院狼藉，我心里莫名地悲哀，丫头哭了。

柿子树

前几日，见城开御园南门口多了几棵老柿子树，零零星星的叶子，零零星星的柿子，挂在枝头，瑟瑟发抖，再看一地黄叶，顿觉秋意弥漫，让人想家，想岭上的柿子树。老柿子树，枝干皱皱巴巴，像老人满脸满手的皱纹，沧桑又亲切，但这些柿子树新搬到这里来，与新建的高楼大厦有点不搭，再说这个时节，也不敢立于树下，怕烘柿糊在头顶。

如今，看柿子树不用回老家，老柿子树在城区早已常见。有人或者为了营造公园的野趣，吸引鸟儿来啄食；有人或者营造小区的环境，取"事事如意"的美好寓意，于是老柿子树也就进城来，尤其有钱人家的别墅也把栽种柿子树当成首选，花大价钱买深山里百年老柿子树，再在树下置办石桌石凳或随便放个老磨盘，弄出点乡野的气息，怀旧的感觉，然后办一个沙龙，引一片赞声"真好，柿子树，老碾盘，老家的感觉！"

老柿子树像老奶奶，会端出一簸箕柿饼来，老槐树像老大爷，老而弥坚，腰身上的树洞人都能钻进去，却仍傲然挺拔。但是，老柿子树很少和老槐树搭配，"槐柿"与"坏事"音同，据说犯忌。前些年，有一家公司换了新址，在门口，一左一右，栽上了槐树和柿子树，树龄大约都在几百年以上，老态龙钟，似乎彰显着这家公司资格老，实力厚。但是为了移栽方便，都把树头锯得很小，像动画片里的"小头爸爸"，并不好看，即使如此，仍不乏摄影爱好者光顾。可时间不长，这家单位出事了，茶余饭后，众说不一，迷信的色彩更加重了对"槐柿"不可连植的观念。

很多画家也喜欢画柿子树，喜闻乐见，老百姓最喜欢张挂。曾在一位朋友家见到一幅画，画的是柿子树，红红的柿子如灯笼，十分喜庆，题的是"步步登高，事事如意"。画家是一位老画家，可是画的柿子却是像花儿一样，朝上生长，有些违反自然规律。朋友告诉我说，这是他求着画家这样画的，事事如意，怎么能够垂垂老矣呢，应该朝上长，一个比一个高，一个比一个红。

若论木质，柿子木、槐木都是北方知名的硬杂木，有句老话说"柿木案板，槐木橛，桑木扁担用万年"，柿子木木质缜密，坚硬，不容易开裂，耐敲打，耐水浸，是做案板的材料。槐木木质坚硬，不变形，少虫蛀，宜于作承重的橛木，而我们这里，也多用槐木做家具。朋友阿滢兄家有一对槐木官帽椅，明式，舒展大气，阿滢说这是他祖母的嫁妆，有百年历史，前枨脚踏的地方，都磨去了几乎一半，质地光滑，木纹好看。坐上去，手搭扶手，头枕搭脑，四平八稳，舒服极了！我们家也有一对，是当时四里八乡有名的一位老木匠做的，这位老木匠家住泉里村，祖传手艺。记得小时候，有位老爷爷来我家串门，他坐定后，抓着扶手一晃，又用手摸摸搭脑，这把椅子后腿直通搭脑，是透榫的，他说一声"好椅子，槐木的，透榫的，泉里做。"

柿饼做法简单，取成熟的柿子，去掉外皮，放在阳光充足的地方，通风晾晒，等一周后，表面干枯了，再轻轻压成饼状，日晒夜露，再经"出霜"，就是柿饼上那层白白的粉末，个把月的时间也就成了。柿饼好吃，还有清热止咳等诸多功效，但是好吃也不可多吃，比如糖尿病患者、脾胃虚寒的人还是少吃为佳！

梧桐

执勤归来，夕阳西下，一回首，见农商行宿舍门口的梧桐树竟然开满了花，这可是明珠路最高大的一棵树。我驻足良久，欣赏着梧桐树，树头盈盈如盖，树干一搂粗细，这个时节也是梧桐树最美的时节，远远望去如一片祥云，可谓紫气东来，南风一吹，含有甜味的花香会穿过千家万户，必定飘到府前街去。

心想若不是疫情肆虐，一些退休的老人也早该坐于树下，打牌、下棋、闲聊，成为街头一景。记得去年这个时候，还见一位老人在树下逗八哥，我也走上前，挑逗它半天，却不见它说话，等我回头离开，没走出几步，它却悠悠吐口"您好，您好"。

我迷恋这棵树，也羡慕在这个院里住的人。若问起住在哪儿？张口说"门前一树梧桐花"，那是多么美好，多么自豪的回答呀。

小时候，老家的院子栽满了树，南墙根有香椿，桃树，核桃树，杨树，东墙根有洋槐，国槐，窗前有石榴树，木槿花，而西边靠着篱笆墙是一棵又粗又高的梧桐树。那个时候，除了梧桐树，其他的树，我几乎都曾爬上去，或者摘果，摘花，或者掏鸟蛋，或者单纯就是调皮。只有这棵梧桐树，它又直又滑，搂不过来，也爬不上去。夏天的傍晚，梧桐树下扫得光滑，一家人在院子里乘凉，欢声笑语，十分惬意。深秋，梧桐叶落，先扫到墙根，干透，再抱到灶台旁，似乎也只有大片的梧桐叶引火烧饭才过瘾。

虞世南有诗《蝉》，"垂緌饮清露，流响出疏桐。居高声自远，非是藉秋风。"小时候，总觉得虞世南说法不对，因为我从来没在我家的梧桐树上捉到过知了。或许是梧桐树太高，而我的竹竿太短，或许是知了不喜欢梧桐汁的味道，或者梧桐树皮太硬，它们根本不喜欢在梧桐树上安家。总之，我很少见到梧桐树上有知了。

我虽然喜欢捉知了，却不是个中好手。那时候，洗了面筋，和妹妹一起出门，池塘边满是杨柳树，知了叫得欢，可我技术太差，整个中午也捉不了几只。记得有一次仅粘了五个，却也缠着母亲煎了来吃。我的功劳大，吃三个，妹妹出力少，吃两个，可最后她耍赖，我们闹得不可开交，还是母亲把其中一个从中间掰开，我俩又为谁吃肚子，谁吃头吵了半天。四十年过去，本来想她早就忘记，可没想到，前几天她还说起这件"分赃不均"的糗事。唉！发生在梧桐树下的每一件事，我们兄妹又怎么会忘记呢？

梧桐树的叶子很大，小时候，我们会把一片梧桐叶当成扇子，会把两片当成耳朵装扮成猪八戒，还会把梧桐树叶裁成中国地图的样子。可惜我不会画画，若会，我会把丰子恺画的小朋友头顶荷叶，换成顶着梧桐叶。喜欢梧桐的倪云林，竟为梧桐树洗澡，这真是奇葩，若今天为梧桐树洗澡倒不是难事，水枪一喷，梧桐树一定似沐春雨，清新宜人。

梧桐叶子大而疏朗，本不细碎，可有的梧桐树，在枝梢处会长出一团细碎的枝权，细碎的叶子，并很快枯死，这是梧桐树的一种怪病，我们常说梧桐树疯了，农商行宿舍门口的这棵梧桐树也有这样的情况，我很担心它哪一天会疯死。

记得我家的那棵梧桐树从没疯过，枝权一直光滑清丽，树叶一直硕大飘逸，直到后来被"杀"了，也没引来金凤凰。那年盖新屋，要做玻璃门，可不是如今的玻璃门，那是梧桐木做的门，门的上半部分像窗，镶上几块玻璃，因此叫玻璃门。梧桐木轻，不变形，在木匠二叔的眼里，它是做玻璃门的最佳木材。这棵梧桐树也就先变成木材，不久即变成了老屋和新屋的玻璃门。从那时起，日子慢慢好转，老家也慢慢变了模样，先是拆了篱笆墙，少了眉豆架；接着盖了东堂屋，少了几棵槐树；再接着垒了大门，建了西厢房，又少了几棵杨树；后来修了南屋，又少了几棵香椿树；再后来直接硬化了院子，别说树，连花花草草也栽进了花盆里，那棵梧桐树只能出现在梦里了。前年，梧桐叶落时节，我请画家吴庆画一幅梧桐树，他画得很好，我注目良久，可不管怎么看它都不是梦里的梧桐！

"红豆生南国，春来发几枝。"

南方的朋友问我：北方可有让人心仪的佳木？

我陷入沉思：黄陵古柏算不算？泰山五大夫松算不算？浮来山定林寺的银杏算不算？孔府的"先师手植桧"算不算？还有那"生而千年不死，死后千年不倒，倒后千年不朽"的胡杨树，还有那长白山浪漫的"美人松"，更浪漫的白桦林……但是，这些并不是我想对朋友说的，我想说的是既常见又让我亲近还让我倍感神秘的——国槐。

国槐虽然南方也有，也不乏千年老树，但是我觉得北方更为常见，更具传奇的色彩。小时候，村里家家户户都要栽种好几棵，我家也不例外，我家的房梁，门框，桌椅板凳都是槐木做的，一些农具，甚至木柴都是要依靠槐树来提供，仅凭这一点它就无愧"家槐"这一称号。记得小时候，我还喜欢玩"藏槐"的游戏，院子里新栽的小槐树，新生的小嫩叶，几个小孩子在树下嬉戏。每人摘一支如羽毛一样的槐叶，小心地藏起来，若被找到就算输，输了要被打手心，赢者会数一下输者的槐叶上有几片小叶，有几片就打几下。很简单的游戏，小时候却玩得很开心，让人难以忘怀。

国槐刚发芽时，很多人会掐了嫩芽做"渣腐"吃，这是一道美味，然而，对此我却无福消受，因为吃槐芽渣腐，我的脸颊，眼皮都会红肿起来，很难受，喝槐连豆茶，也是如此。姊夫特别会做"槐连豆"茶，他把槐连豆洗净晾晒，用小火焙干，喝时滚水冲泡，他总说："比茶可耐泡多了，再加点蜂蜜，比茶可好喝多了"。若长时间饮用，清肝明目，降血压，实在好处多多。

国槐叶子虽然小，但是树头却很大，远看绿油油，盈盈如盖，密不透风。它发芽虽晚，但是落叶也晚，到初冬时节，甚至下了雪，树叶枯黄泛红，还依然在枝头摇曳，当树叶落尽，枝杈裸露，干枯的树枝带着残存的几串槐连豆摔落在地时，又让人觉得满目萧索，不胜伤感，每每驻足盘桓，总是期待来年，春风快至。

如今城区的东周路，府前街，青云路，榆山路，杏山路等好几条街道两边栽的也全是国槐。每天上下班一路绿荫，特别惬意，盛夏时节满树银白的碎花，让闷热的空气都十分清新。而一早一晚，我又喜欢在这几条街道散步，若碰到拿竿子打槐米的人，看着落了一地白中泛黄的花儿，还夹杂绿叶，心中就非常烦闷，像是感到了国槐的疼痛。我会上前嘱咐几句"别乱折枝啊"。那人对我翻白眼，说着"不打不长，越打越旺"的话。

我之所以把国槐当作北方的标志树告诉南方的朋友，还有一个重要的原因，那就是内心深处总觉得国槐"通灵"，也只有通灵的国槐可以媲美代表相思的红豆树，当然这是迷信的说法，而我从小也受了这种影响。我们小城的老县衙旧址，有一棵国槐，树龄千余载，又称"唐槐"，但是当地人都喊它"灵槐"，它是神话一样的存在。明代天启年间《新泰县志》记有《灵槐复荣》诗，曰"婆娑生意一朝枯，忍见专城社稷芜。县治复兴枝复茂，新人千载荫灵株。"，清代《新泰县志》也载：灵槐在"县仪门内，相传唐时植也。枝柯蟠曲，形若虬龙。至正二年（公元 1336 年）县省入莱芜，槐遂枯。后三十一年，复置新泰，槐如故，至今枝叶葱郁。"又风雨经年，这棵国槐依然如故，枝繁叶茂，护佑着一方水土。而像这样的"灵魂"，我们小城内还有不少，如尹家庄，果园村，田家栗行村，刘家庄，娄家庄，骆家庄等都有一棵，树身上大多系着红绳，有的周围还修起栅栏，有的还摆有供台，七仙女和董永的仙凡因缘故事里以槐树为媒的说法，更是让许多老人对国槐顶礼膜拜，祷告能够早日娶上媳妇，抱上孙子。而在我眼里，这些老槐树却像留守老人，孤独地守护在街头巷尾或者一些老宅里，日升月落，年复一年，无论再怎么茂盛，终归还是落寞。

上次去看流苏，路上也遇到一棵老槐树，三人合抱那么粗。阿滢兄说："这也是灵槐，据说，那年鬼子在村里打枪，民不聊生，把这棵老槐树给气死了，好多年不发芽，建国之后，这棵老槐树才焕发了青春，你看如今多旺啊！"聿君先生接着说："这个'气'字用得好，槐树也是有生命的，可以生气。"我听着听着，发起呆来，突然对惠能大师那句"非风动，非幡动，仁者心动"的禅语有了感悟。

今天降温了，出去散步，见有人拿着长杆在打落槐连豆。今年的槐连豆结得特别多，一点也没有受到疫情的影响。

栾树

　　一树红叶比一树红花更为盛大，更有视觉的冲击力，若唐代诗人刘禹锡见到北京香山红叶，见到南京栖霞山红叶，又该会怎样口占一绝，赞美深秋的美好呢？

　　周末，携家人去法云山正觉寺游玩，原不作"寻花问柳"之念，想着寺中不过多植松柏、杨柳、月季、菊花等普普通通的花木。然而，不意间却邂逅一树红叶，它矗立在正觉寺西墙外半山坡上，与松柏树为伴。看到它时，我眼前一亮，走上前，盘桓良久。看它皴裂干枯，老态龙钟，百年树龄也未可知；看它婀娜舒展，高耸入云，红叶如火，在一片翠柏中轻轻舞动，格外醒目，犹如一位热情奔放的少女，让人忍不住想上前搭讪，问她的名字，却又自惭形秽，踟蹰不前，树上有牌，写到"名贵树木　栾树"。我却不觉得它是栾树，它和栾树有着很明显的区别。路边的栾树树干挺拔，而这棵树身材委婉。栾树叶子多是绿色黄色，而果实似花非花，似叶非叶，红彤彤一簇一簇，远远望去，"半江瑟瑟半江红"，让人心里有点乱，而这棵树没有果实，叶子却全都是红色，是枫叶的红，槐叶的模样，红得让人心醉，让人心碎。

　　我实在不知道它是什么树，权当它是"栾树"吧，但还是为它委屈，唯希望有认识它的人给它正名了。

我盘膝坐在树下，安心冥想，树下山石突出，树根扎在石缝中间，将山石撑裂，斑斑驳驳；我仰望天空，阳光从红叶绿叶间无声洒落，叶色迷人，斑斑驳驳；周遭落叶铺地，红的叶，绿的叶，黄的土，枯的草，白的石，黑的树干，斑斑驳驳；俯瞰寺庙不大，青瓦红墙，点缀在远山，树林，乡村之间，静谧无声，色彩斑斓，亦有斑驳之感，我仿佛溶于这山色之中，我渴望溶于这山色之中，即使没有这一树红叶相伴。人说"十步之泽，必有香草"。何况这半山之上，放眼望去，柏树，松树，橡子树，酸枣树等等，莽莽苍苍，尽收眼底，草木丛生，可谓一步一树，步步芳草，逗留其间，呼吸都觉得顺畅。这更加坚定了我以后的"登山"之心，更加期待以后的美好"邂逅"。

若说"寻花问柳"，莫过于苏轼，苏轼笔下的花花草草多了去，"枝上柳绵吹又少，天涯何处无芳草"更是直接切题，与这迷人的诗句相比，隐居于此的栾树更为迷人，漫山翠绿拱卫这一树红叶，想想都让人嫉妒，让人羡慕。可惜我没有生花妙笔，生不出《聊斋志异》里香玉、绛雪她们那样凄婉的故事来，一叹；可惜没有太多的时间来闲卧山林，又叹！

梨树

这两日，看网络上好多人拍图片、拍小视频、秀梨花，让我也不由春心萌动，想起不少梨花诗："一树梨花压海棠"，带了一个"压"字，太过暴力；"梨花一枝春带雨"，美人落泪，有些凄婉；也有比较壮观的诗句，如"忽如一夜春风来，千树万树梨花开。"而这却不是在写梨花；恬淡静好的要数晏殊的诗句"梨花院落溶溶月，柳絮池塘淡淡风。"而这最美妙的月下梨影却少有几人拍摄。

周末，虽然有些晚了，我也去赶了趟"行宫村"的梨花节。行宫村在金斗山脚下，听这个名字就应该有故事。我没有兴趣探究行宫村的历史，我只是单纯地欣赏一下梨花。这里也没有一些旅游景点的俗套，没有播放歌曲"梨花开，春带雨，梨花落，春入泥。此生只为一人去，道他君王情也痴。"这儿有近百棵数百年的老梨树，树干皴裂，饱经风霜，枝头硕大，盈盈如盖，树枝蜿蜒伸展，张开怀抱，而嫩叶已经长出，绿中泛红，衬得梨花更加素雅醒目。游人接踵而至，大有与梨花比拼的劲头，一个个俊男靓女，衣着鲜亮，身姿婀娜，争奇斗艳，真让人大饱眼福，虽然都戴着口罩，但是明眸善睐，那精气神儿的确不让梨花。

我和丫头穿过好几条梨花老街，也见识了梨花树王。梨花老街打扫得特别干净，一排排宅院修建得也特别整齐，有的人家墙头还探出一枝梨花来，很让人惊艳。当然也不止有梨花，在一处破房子的家门口，我们还为一树桃花所倾倒。

　　因为这里远离闹区，花香漫山，空气清新，让人流连忘返，遂打算找户人家租住下来。因为认识一个叫诚的小伙子，想让他帮帮忙。可我和丫头穿过几条街，走过大半个村子，也没有找到他，村里认识他的人说他去外地打工了，大概梨子成熟的时候就回来了。他是一个实诚且能干的小伙子，炒一手好菜，五六年前，诚的媳妇生宝宝，大出血，多亏了丫头及时联系市医院妇产科梁主任，才保得母女平安。后来见过他的女儿一次，穿着小花裙子，白白胖胖，活泼可爱，像灿烂的梨花，不知道他们家可有梨树？几百年的老梨树，一直守护着这个古村落，而梨树下发生的故事，是数都数不清的，而这些故事恰恰传承了这个村落的善良和美好。

　　我们来的时候，见几个小朋友爬到树上，几个小朋友蹲在树下，我们走的时候，他们还玩得不亦乐乎。我走上前，见他们看蚂蚁上树，看蚂蚁入巢，很专注。

　　一个说：蚂蚁在树上打洞，会不会把梨树打空啊？梨树会不会被蚂蚁咬死啊？

　　一个说：哎，看呢，蚂蚁都爬到梨花上去了，它们又不是蜜蜂，它们不会是在采蜜吧？

　　一个又说：看呢看呢，蜗牛都爬到树枝上了，它想吃梨子也太着急了，它爬得那么慢，肯定是去年爬上来的！

孩子们玩耍，自问自答，自成一个世界，我没有去打扰他们。记得小时候，对一些未知的事情也是充满了好奇和担忧，杞人忧天的事自己也没少干。如今，人们对美好生活的期盼就像是在等梨子长大，充满甜蜜。

桃树

　　前几天和同事出发，路过一片桃林，修剪的枝条舒朗，在春风里摇曳。我突然觉得有些熟悉，前后看看，路上车很少，桃林也不见劳作的人，桃花迎风含笑，熟悉的感觉在心头弥漫，画面也越来越清晰，还是这条小水渠，还是几架小石桥，我想肯定是了，肯定是十几年前来过的桃林。

　　这个地方叫上豹峪村，向西不远的小山上有礼圣高堂生的石像，石像旁边盛开着桃花。远望漫山遍野，也不时闪出一片片桃林。

　　那年，工作刚调整，生活枯燥沉闷，偶然路遇此处，不觉眼前一亮。当时，桃花也如今天这般绽放，灼灼其华，明快亮丽。我不由得驻足停留，与桃林的一位老人攀谈，在花下照相，拥抱春天，心情愉悦，梦想着自己也能拥有这样一片桃林，属于自己的一片桃花源，搭建一个草棚，养鸡养鸭，养猫养狗，与自己相爱的人老死桃林。可是那位老人却没有如此情调，他说："你眼里满是桃花，我看的却是桃子，一棵桃树能出多少斤桃，能卖多少元钱？老伴吃药，孙子读书，都从这桃林里来啊！"

当时还想，每年桃花开的时候，都来看桃花，来这踏青，来这里不用爬山越岭，只要驱车转一圈，十里桃花，人就在画中了，想想都觉得美好惬意。可是，此后经年，一直忙于工作，忙于琐事，而花开花谢就那么几天，往往不经意间就错过花期，年复一年，也没再去，也没了种桃树、养鸡养鸭、"人面桃花相映红"等浪漫而不切实际的想法。也难怪自古以来人们惜春、伤春，春天实在太短暂，一觉醒来，气温骤高，夏天就到了，春天是无论如何也留不住的。

一晃十多年，年年岁岁花相似，桃花依旧笑春风，我却已是两鬓斑白，仍然一事无成，依然做着桃林隐居的梦。

而今，再看这桃花，想着王阳明说过的话"你未看此花时，此花与汝同归于寂；你来看此花时，则此花颜色一时明白起来。"于是，更觉得桃花之媚、之艳、之香、之活泼是其他花所不能比拟的，桃花是春天最美的名片，可是，欣赏桃花的人，几乎与桃花都不相干！桃花愉悦了欣赏者的身心，而看桃花的人，只是来打扰桃花，对桃花并无益处。

看到桃花，想起儿时一个叫"桃花"的姑娘，她和小柏订得娃娃亲，小柏家供她上学，高考小柏落榜，她却争气，考上大专。那年寒假，小柏爸爸找我问关于桃花的情况。我们只是中学同学，大学又不在一个城市，并不了解。最后，小柏爸爸叹一口气，一脸平静地说："唉，没啥，只当抱养了个女儿。"我劝小柏复读，争口气。第二年，他的成绩很好，完全可以填报比较好的学校。可是他不死心，却去桃花所在的城市读了大专，但最终他们还是没有在一起。每个人心中都有自己的桃花，但是能不能吃到桃子却是未知数。对小柏来说，吃不到桃子也不是坏事情，毕业后，小柏远走边疆，二十多年过去，他依然重情重义，生活得很好，一双儿女也都大学毕业，也到了欣赏桃花的年龄。

不知小柏还会不会再打听桃花的消息？

流苏树

　　隋炀帝杨广昏庸无道，为看琼花，开凿大运河，搞得民不聊生，最终天下大乱。清代孔尚任诗曰："琼花妖孽花，扬州缘此贵。花死隋宫灭，看花真无谓。"

　　怡红院枯萎的海棠花，本该三月份开放，却在初冬开花了，贾宝玉也疑惑"海棠何事忽摧隤？今日繁花为底开？"这奇闻引得贾母一干人等前来赏花，人多事乱，赏花过后，贾宝玉的玉不见了，一时间搅闹得整个贾府鸡犬不宁。

　　隋炀帝看花看亡了国，贾母看花看乱了家。但是，赏花爱美是人之天性，经久不衰。武则天为赏花下发"明朝游上苑，火速报春知。花须连夜发，莫待晓风吹"的敕令；孟浩然爱梅花，不顾灞上风雪，骑驴踏雪寻梅；苏东坡欣赏海棠，更有"只恐夜深花睡去，故烧高烛照红妆"的诗句。岁月流转，近年来，动辄千亩、万亩的牡丹园，百合园，玫瑰园，荷塘，桃园，梨园，樱桃园等等应运而生，引得游人接踵而至，看花已经成为春天的时尚，也有不少人约我去菏泽看牡丹、去婺源看油菜花，我实在讨厌这些花事，也都一一拒绝。

　　而去年阿滢兄微信圈发的流苏花却深深吸引了我。那一树流苏，如白云在天，美得震撼，让人一眼难忘，当时我就把心许给了流苏，并问阿滢兄花在哪里？恳请他陪我去一次。阿滢兄告诉我"这是城南的流苏花，可是早已经过了赏花的时节，花色泛黄，要凋谢了，谷雨时节才最佳。"既然流苏花已老，我们遂相约来年赏花，莫失莫忘。其实，与阿滢兄相约看花，这也是破天荒头一次。牡丹花好，没有约去洛阳；红叶如火，没有约去香山；樱花烂漫，没有约去鼋头渚，而今竟相约去城南看流苏，我自己都觉得好笑，或许是心境老了，或许是生活好了，或许是太过无聊，或许是流苏梦幻迷人吧！

这棵流苏树，据说三百多年树龄，在城南尹家庄一户人家里。有人盛传：城北老梨花千树，不及城南一流苏。对此，我是不相信的。只是盼着日子，一睹它的真容。

终于到了谷雨后一日，阿滢兄一早来电，相约看花去。手头还有些工作要处理，直拖到中午时分，才得与阿滢兄，聿君老，铁荣，晓云一车五人一路兴奋地聊着流苏花，匆匆赶到城南。

流苏花团团簇簇，却为什么叫流苏呢？我不知道答案。帝王将相的"冕旒"，一串串珠玉，垂晃眼前，是流苏；小姐的玉簪金钗，挂着饰物，又称"步摇"，也是流苏；古琴的轸穗，扇坠的穗头，佳人的裙边，于是流苏的名字越来越响，不管是才子还是佳人都十分喜欢。而流苏花又是怎么与这些相牵扯的呢？大概流苏花的名字要晚一些，是不是因为流苏花的花瓣，如窄窄薄薄的银片，一簇簇，一丛丛，在枝头摇曳，潇潇洒洒，生机勃发，才让文人墨客赋予了流苏这个有趣的名字呢？聿君老一语中的，他说"短了叫流苏，长了就叫丝绦了。"的确如此，写垂柳就说"万条垂下绿丝绦。"

穿过一个胡同往右一拐，在一家小院，看到久违的流苏花，内心顿时升起一种欢呼雀跃的激动。树头盈盈如盖，遮挡住大半个院子，树身老态龙钟，两个人合抱那般粗，树冠全是花，团团簇簇，层层叠叠，让人直接忽视树身，忽视枝杈，忽视新生的绿叶，满眼里只剩下一树洁白的花，如梦如幻，令人神往。我们几个激动得像小孩子，铁荣更是围着大树拍照，还爬到人家的平房顶上去拍，洁白的流苏，素面朝天，可是我却觉得没有一种花，哪怕是最红的玫瑰，最白的牡丹，也比不上这一树的流苏这般明艳靓丽。

据说，像这样的流苏树整个小城再找不出第二棵来，每年花开，都会引得许多人来赏花。这家主人是一位善良纯朴的中年人，他热情地递烟，请我们喝茶，安静地与我们分享着家有一树流苏花的喜悦。我却要去先找地停车，怕堵路，又去调头，跑来跑去，几经折腾，没能静下心来，坐在树下，好好赏花。而铁荣说："明天再来，后天还来，每天都来看一回，直到花谢。"而第二天阿滢兄真又带着八十多岁的老父亲去看了一趟。他们一定是每看一次，就赞一次，感叹一次，留恋一次，虽然树已老，可是花却新，一年开一回，一年谢一回，年年花相似，看花人不同。我只匆匆来去，未做停留，也没有时间天天来看，只见它繁花似锦，未见它落英缤纷，而花谢时节又会是怎样的一种凄美呢？

这花不是很香，细细品味，香气丝丝缕缕，极为纤细清淡隽永。小妹告诉我，这花俗称"油根子"，名字土里土气，没想到唤作"流苏"却是风雅异常了。因为它抗旱、抗寒，生命力顽强，因此常用作嫁接桂花的砧木。我就不明白了，流苏花那么美，为什么还要饱受摧残，用它来嫁接成桂花呢？

古柏

"徂徕之松，新甫之柏"。我们北方最不缺柏树，我对柏树也有着特殊的感情。我的小学原是村里的一座小庙改建。村名原叫关阳庄，庙俗称"三官老爷庙"，柏树是建庙时所栽，树龄大约五百年了。听老人讲，庙原有东、西厢房，五棵古柏树。后拆除东、西厢房，"杀掉"三棵古柏树做了课桌，只留下大殿作为教室，而大殿前两棵一搂粗的古柏，也留下来，笔直地站着，像勇武的卫士。当时，我们日日在古柏下读书、唱歌、玩耍。后来重建教室，大殿也被拆除，再后来，孩子越发少，几个村子才能合并招收一个班级，因此我们村子的小学遂废弃了，房舍院墙，日渐破败，两棵古柏却一年年不见变化，似乎还是那么粗，还是那么高，四十多年不见成长，每次回村，我都会去看一眼。而这些年走南闯北，比较黄帝陵，孔府，岱庙，嵩阳书院的古柏之后，我们村的古柏似乎就不值得一提了。但是每一次回老家，还是去看一眼。老家有古柏，总觉得还是很自豪的，"家有一老是一宝"，村有古柏可谓神啊！

记得有一年，我长了炸腮。母亲就到古柏树下，用长杆打落柏子、柏叶，回家用蒜臼子一边捣，一边说"求柏树老爷保佑，求柏树老爷保佑"，砸成黏糊状，贴在我的脸上，那冰凉的感觉记忆犹新，而柏子柏叶的味道更是难以忘怀。后来上初中，高中，课桌越换越新潮，可是校园里再不见有古柏树，教室里再没有柏木课桌的味道了。去年，与朋友去蒙阴旧货市场，见许多用老柏木，老榆木旧门板改做的桌椅，虽说有些粗老笨壮，但也算是朴素的古色古香了。有人说"五木不进宅"，说是梨树、桑树等，其中包括柏树，可孔府却以柏树为多；有人说"柏木不进堂屋"，可现在不讲究这些，崖柏摆件，柏木家具都进了堂屋，我也想做一套柏木的书架。

周日，去钦利兄工作室小聚，得享竹林冷泉之幽雅，水饺排骨之快颐。阿滢兄说，来时他们走的是东路，邂逅一古柏树，比岱庙的汉柏还壮观，聿君老师和两位女士拉手测量，竟然三人也搂不过来，阿滢兄戏言"白马寺的银杏树是'七搂八拃一媳妇'，这棵树细一些，是'三搂十拃俩媳妇'，绝对算得上我们新泰名木"。返程时，我想去看一眼古柏，阿滢兄、聿君老师带路，车没开多远，就见到这棵古柏树。这棵古柏分三股枝杈，其中两股大一点的枝杈也都一搂多粗，朝东的一条侧枝因为碍着房屋被锯掉，留着比碗口还粗大的疤，应该与我小学学校的古柏是一个品种，却更见其威猛壮观。最惊人的是树根，以树干为中心，爆出地面，画成一个圆，比碾盘粗得多，目测直径足超两米，根瘤突兀，夸张有力，煞是好看啊！古柏北望是山头，周边全是房屋，仅此一棵，这实在让人好奇它的来历。聿君老师也说，古柏多栽种在庙宇或墓地，千百年前此地有庙或墓亦未可知。正想问人是什么村时，恰看到村名碑，曰"平岭村"。

夕阳下，古柏如执戟壮士，毫无婆娑老态。我们匆匆离去，没有再做考察，但与古柏的擦肩而过让我心绪不平，夜深人静，遂敲打下这些文字。

玉兰

　　"绿城·玉兰花园"是小城的高档小区，绿化好，小区内的名贵花木颇多，玉兰树也多，有几位老乡和朋友住玉兰花园，挺让人羡慕。或许开发商设计玉兰花园小区的时候就想到了将小区西门所在的整条路从北往南，直到春天城市花园小区，两边都种上了玉兰树，如今都碗口那么粗，枝杈繁杂，盈盈如盖。而这个时节，恰是玉兰开放的最佳时节，一树白、一树紫、一树浅绿，一朵朵各种颜色硕大的花冠，在风中摇曳，蝴蝶一般，争奇斗艳，远看又连成一片，如锦如云如练，甚是壮观。小城的人多感叹：到婺源看油菜花，不如在家门口看玉兰。但是，这几年总是不巧，去看的时候，大部分的玉兰花都已经败落，每每只能期待来年。

　　这几天，已经在抖音多次刷到有人去那里打卡，树下盘桓，与花比美，演绎一场场盛大的花事。其实，小城总不缺花事，从蜡梅香陨，到迎春花开，再是杏花落，桃花开，接着樱花、海棠、山楂、苹果各色花儿接踵而至，纷纷登台。其中，城北梨花部落是一个大舞台，城南流苏盛放是一个小舞台，有时候小舞台却胜大舞台。还有牡丹、荷花、百合、菊花，一件件，一桩桩，花事繁盛，每一场花事都是一场惊叹，一场惋惜，总是一场压过一场，让乏味的生活多了香艳的色彩。春天来了，万物复苏，空气中弥漫着荷尔蒙的气息，也因此，春天里花事才更为集中。一场花事一场感伤，有花也好，无花也好，日子却总不会如花一样浪漫，白发总在年复一年的花事里爬上鬓角。今年花谢，明年花谢，落花人独立，赏花之后带来的总是惜春的感伤。何必做一个爱花的人呢？这一念头刚起，耳边仿佛却又传来《花为媒》里新凤霞唱："叫阮妈，却怎么还有不爱花的人？爱花的人，惜花护花把花养，恨花的人，厌花骂花把花伤。"

今天特别想去看看玉兰花，不是因为明媚的阳光下白色的玉兰花最为亮丽，而是突然想起这条玉兰路的尽头，春天城市花园那位善良的老人去世了，她再也看不到玉兰花了。几年前，也是春暖花开的时节，我在办公室接待了那位老人。当时，老人说老伴把几万块钱借给了一个熟人，可是好几年来就是不还钱，老伴最后一次要账回来，突发脑出血去世。

我给她倒了杯水，遂静静地听她说话。听到后来，虽然明知道这是借贷纠纷，不属于我们管辖，但还是耐着性子听老人哭诉，并没有让她离开。多年的工作经验让我也养成了让人说话，听人说话的习惯。老人年近八旬，怕她情绪过于激动，其间，我还有意识地控制了一下局面，说："不要着急，您老人家喝口水，慢慢说。"我甚至觉得，老人家不是来报案的，她更需要找个人倾诉。

等她情绪平复，我慢慢地给她解释：要如何聘请律师，如何去法院打官司。老人却说，她咨询过律师了，也让去法院起诉，可她不想打官司。老人说她不缺钱，孩子们都很孝顺，都是名牌大学毕业，小儿子和儿媳还是清华大学毕业。若知道会这样的话，她早应该骗老伴说人家把钱还了，她接受不了的是因为要账而痛失了老伴。

我耐心地劝导她："那就等等，虽然有人说欠钱的是老爷，要账的是孙子，可是谁也不愿意背一屁股的债务。您手里有欠条，这笔账跑不了。好好吃饭，好好休息。这么大年纪了，不要为了这件事到处奔波，再有个好歹的可犯不上啊！"

最后，我给老人留了电话，让她有事电话咨询就好。后来，老人打电话说，从那，她也没再要账，过了不久，人家主动找她，说用几十箱酒抵了债，酒不好，她说我是唯一一个耐心听她说这件事的人，要给我送一箱酒来，我以"禁酒令"婉言谢绝了她。她又说，她家小区那条路开满了玉兰花，好几年了，看着就心烦。如今了却了心事，看着满树的玉兰花比任何时候都美，让我也去看看。

可是，去年年底，却听到了老人去世的消息。今天或者明天，我一定绕道走走这一路，看看盛开的玉兰花。不过今天下雨了，玉兰带雨是不是和梨花带雨一样好看呢？

冷梅

　　昨天，在暖楼小聚，小外甥女棠棠儿歌似的诵唱："墙角数枝梅，凌寒独自开，遥知不是雪，为有暗香来。"全家人其乐融融，软化了玻璃窗上的冰花。

　　最近几天，气温骤降，零下二十摄氏度，手指耳稍都冻得生疼。这个时候，怎么能再去赏读梅花诗、梅花图呢？凭空又会增添多少冷意啊！

　　今早起来，寒风彻骨，有人说这是今冬以来最冷清晨，我瑟缩着出门上班，路上行人很少，车却很多，慢慢蠕动着，汽车的尾气，也冷得受不了，冻得丝丝缕缕，心里盼着等红灯的地方有阳光漏下，可总不如愿。阳光也怕冷，它紧紧地贴在楼顶，贴在树梢，一点也不分散，不像画里的水墨晕开来，发散开来，冷到不像阳光，照在身上，也感觉只是变了一种颜色而已。心里生出冷意，甚至害怕从阳光下走到阴影里去，真是冷到有了心理阴影。

　　松针冷成深绿色，我甚至觉得松针、竹叶都冷到没有了水脉，风嗖嗖刮过，松针、竹叶嘶哑发声，但是它们无奈，只能在风中摇曳，冷到无处躲藏。冷，让我觉得人影瘦了，树影也瘦了！随着寒风凛冽，大地都瑟瑟发抖。元好问有句"梅花瘦如削",梅花总是瘦的,瘦得更加寒冷。

唯有天空,仿佛深秋,蓝到无边,可是不敢站在外边远望遐想,怕自己冻成了石像。

冰天雪地,北方的梅花,花骨朵将要冻裂了,而南方的梅花已经裂开,伴随着风雪开放。"梅须逊雪三分白,雪却输梅一段香。"梅与雪有了勾当才更有情致,我总想起贾宝玉到铁槛寺乞梅的事,妙玉如世外寒梅,素雅艳绝。红尘却是大海,铁槛寺不过是大海中的一个小孤岛,起风了,涨潮了,妙玉淹没于红尘。

天寒地冻,看看温室里的水仙吧,拢一拢炉火吧,不宜读梅花诗,不宜看梅花图。尤其看王冕的《墨梅图》《雪梅图》,虽然花团锦簇,繁花似锦,但是梅花似雪,花气清冷。看着看着就冷了。"朔风吹寒珠蕾裂,千花万花开白雪。"置身花海,犹如"林冲雪夜上梁山"天上地下,四面八方,全是雪,还不忘念叨一句"雪下得紧了"。"踏雪寻梅"的风雅怎抵得住酷寒,一定会被冻破矫情与浪漫。冷,不见得是坏事,少了许多狐朋狗友,少了许多浪蝶狂蜂。可笑林逋,沽名钓誉,说什么"梅妻鹤子",这梅妻仿佛给冷淡的寒梅,增添了几分暖意和妩媚,只是不知道,林逋是爱开花之梅还是未开之梅?是爱红梅还是爱白梅?是一棵梅花还是一片梅林?而他"暗香浮动月黄昏"一句在今天读来,也是冷的,尤其是这几个夜晚的残月,也是冷得瘦小不堪,冷得只剩下灵魂。

最出名的还是王冕的《墨梅》诗,"吾家洗砚池头树,个个花开淡墨痕。不要人夸好颜色,只流清气满乾坤。"这首诗句句孤傲,孤傲也是清冷,更何况它是清冷之中的孤傲。冷,不单单是画风的冷峻,更有意境的冷清。要学,不是学梅花,而要学王冕。

说到画风清冷,莫过于"八大山人"的画,他的画那叫一个"冷绝"，冷心冷色，是人世之冷，人情之冷，人性之冷。他笔下的鸟、鱼、鹿，等等，白眼向天，冷漠、冷淡，冷到无以复加，冷到恨一恨人、恨己、恨世界。

徐枯石先生摆摊、拾粪时，也画过一幅画，画的是月圆之夜，一只寒鸦瑟缩地蹲在一棵孤松的枯枝之上，画面孤寂、凄凉。这幅画和八大山人的画一样，画的是枯石先生自己，他就是那只"寒鸦"，他就在月下孤栖。月下的世界，哪里只有松树，只有寒鸦呢？还有难以计数的滚滚红尘之中的冷漠。

我说："哀莫大于心死，心死才是真的冷！"陈瓷校对时将此语删削，并说："冷梅热蕊，冷非死，乃更深沉的生！"对于他的批语，我沉吟良久，信然！

桂花

　　杭州郦清折两枝桂花插在瓶里，我一见倾心，仿佛闻到花香，把桂花做瓶插，不需要太多，一枝花就够了，置于床头，与花共眠，朦胧的灯光近乎朦胧的月光，做梦都是香的。这让我更加迷恋桂花，想聊一聊桂花。

　　杭州距离金华不远，两地的桂花大概相差无几，李清照生活在北方时，与赵明诚卿卿我我，写海棠依旧、写藕花深处，却很少写到桂花，也是流亡到金华之后才多写桂花，只是此时的李清照多了离愁别恨，她已是再无心绪花前月下了。

《鹧鸪天·桂花》

　　暗淡轻黄体性柔，情疏迹远只香留。何须浅碧深红色，自是花中第一流。梅定妒，菊应羞，画阑开处冠中秋。骚人可煞无情思，何事当年不见收。

《摊破浣溪沙》

　　揉破黄金万点轻，剪成碧玉叶层层。风度精神如彦辅，大鲜明。梅蕊重重何俗甚，丁香千结苦麓生。熏透愁人千里梦，却无情。

李清照的词写得真好，"暗淡轻黄体性柔""揉破黄金万点轻"，一句话就概括了桂花的特质。的确，桂花一簇一簇，星星点点，很小，很细碎，她没有牡丹花鲜艳多姿，也没有荷花亭亭惹人注目，可是即使如此，硕大的桂花叶子也遮挡不住她，因为，丹桂、金贵、月桂所开之花都是醒目的颜色，更重要的是不管什么桂，都香气浓郁，有些地方更是作为市花，种植在路两旁，随处可见，几乎要把行人熏醉了，怎么能遮挡得住呢？桂花是不争而争啊！说起桂花，我总想起"唐伯虎点秋香"。秋香是谁啊？秋香是桂花，秋天里没有哪一种花香能胜过桂花。或曰，菊花迎霜怒放，如怒发冲冠，几欲将花枝压折，开得烈，但是菊香清淡，只能算是酒中二锅头，虽烈，然是清香型；桂花却是酒中茅台，酱香型，茅台一开瓶，满室生香，如桂花一枝，芳香四溢，"花香不在多"，桂花堪当其任。

然而，桂花却不耐寒，南方多见，北方这几年才异军突起，养桂花的劲头风靡一时。小妹就喜欢桂花，前些年从人家养花大棚里一下买了几十盆，专设暖房，冬天搬进，春天搬出，她倒是不嫌麻烦。

每年十月，我都会有意无意地找寻桂花，若能找到一处桂花园，那是不胜欢喜的事。

前年，大约也是这个时节，很幸运，与阿训夜访张兄桂花园。园子在青云湖边，那晚，湖中天上，抹了一种淡紫淡红淡昏暗的朦胧之色，还未到他的园子，就早早地嗅到花香。我心情愉悦，还写了一诗句，"嫦娥撩起紫云幕，凝望桂花无限情。"其实，撩人的何止月色，更多是桂香啊。

今年，我有幸参加已故山东作家刘玉堂文学馆开馆仪式，曾在文学馆所在地沂源桃花岛小住，欣慰的是也欣赏了桂花。主人董先生盆栽了十几棵粗大的桂花树，多金桂和丹桂，开着金黄橙红的碎花，花香弥漫，沁人心脾。真想折一枝在手，或许董先生看出客人的心思，他折了一枝，还摘了一捧桂花，送给张期鹏的夫人，也是刘玉堂文学馆馆长亓凤珍女士。我挨着亓女士坐，她递给我一大枝，三片叶，一丛花，香极了，我小心地加在书里。随后她又分给众人，远近都伸过手来，捏一朵小花，凑到嘴边。张期鹏兄喜欢文学，笔耕不辍，著述颇丰，多次组织文化活动，亓凤珍女士亦喜欢文学，她心思缜密，温柔体贴，总是伴随期鹏兄左右，默默奉献，总无私地协助期鹏举办活动，他们真是夫唱妇随的典范。

我曾问阿滢兄：您文友遍天下，像亓凤珍女士，谁可与之相当？

阿滢兄沉默半晌，答曰：若论文采，近有梁铁荣女士，远有潘小娴女士；若论他们贤伉俪的志同道合，琴瑟和鸣，只能说亓凤珍直追杨绛。

我觉得亓凤珍女士是桂花一样的人。

亓凤珍女士赠人桂花，其香弥久。由桂花之赠，我想到刘玉堂纪念馆里的书画作品，都是书画家志贺之作，是赠予文学馆的。我在于明诠先生的一副对联前拍照留念；我在吴浩然兄的作品前驻足良久，吴浩然是丰子恺漫画艺术的继承者、发扬者，他的作品"丰"韵犹存，而丰子恺先生赠蒲松龄故居的画作现挂在蒲松龄故居，两者虽相距百里，却相得益彰；在刘玉堂文学馆，我还看到罗兴梅、郭正高二位先生还有刘继云女士等熟人的作品，他们都是"赠人玫瑰，手有余香"的人啊！

由画之赠，我又想到桂花之画。南方的画家朋友，大多擅画桂花。吕三折一枝放在案头，画起来，淡淡的色彩，从纸面上长出来，香气似乎也氤氲开来，他笔墨淡雅，多似初开时，可戏称之"新贵"；老瓜也折一枝，画起来，他笔墨开阔，不计工拙，桂花肆意老辣，可戏称之"老贵";陈彦舟也折一枝，画起来，他写山水的笔墨，画桂花也不输他人，他惯用画佛手画柠檬画白菜的鹅黄色，以此画桂，可谓之"娇贵"。我想建议他们，画桂花时，墨香中再加入一些香料，将视觉与嗅觉之间的"通感"坐实，看着画，闻着香，不亦乐乎。前不久，上海的郁俊兄也画一枝桂花，也是折一枝，花下画一青花盘，盘里画着两只肥蟹叠罗汉，是蒸熟的肥蟹，花色与蟹色相同，花香又融入蟹香，我仿佛也看到香嫩的蟹黄，色入我眼，香亦入我心。

　　"人闲桂花落"，不唠叨了，再多嘴，桂花也要生气了！

杏 树

　　江南有一位学者朋友，对文史颇有研究，我们一起参加研讨会时，彼此多有交流，关于杏花的话题，持续聊了很久。

　　她竟然没有见过北方的杏花。只是读到"借问酒家何处有，牧童遥指杏花村"的诗句时，觉得杏花是迷蒙烟霞之花；读"春色满园关不住，一枝红杏出墙来"的诗句时，觉得杏花是激情心动之花；读"月落子规歇，满庭山杏花"的诗句时，觉得杏花是孤寂冷落之花；读"燕子不归春事晚，一汀烟雨杏花寒"的诗句时，觉得杏花是美人迟暮之花。因为没见过，所以根本体验不到北方杏林那满山遍野的粉红杏花，像天边红霞，穿行树下，如置身花海，色彩望之心动，清香沁人心脾的美好感觉；更没感受过在春天整个一季，杏花颜色从红变白，从深变浅，先独占枝头渐被绿叶相欺，在繁荣过后凋零飘落，落红成阵，最终水流花落无处寻觅的无比惆怅。

　　她说：拍一张杏花的照片发给我吧，哪怕只是树干的模样、只是树叶的模样。

　　我很纳闷，江南真的没有杏花吗？又觉得不对，志南和尚不是还写有"沾衣欲湿杏花雨，吹面不寒杨柳风"吗？南方也是有杏树的，前些年阿滢兄送给南京徐雁教授几棵"油杏"的树苗，徐雁教授栽在他的庭院中，据说全都成活，且枝繁叶茂，只是花开得小了些，果实也远不如种在北方的杏树结得好，也没有人去摘了吃。明代王世懋在《学圃杂蔬》里也说"杏花江南虽多，实味大不如北。"估计这位朋友只是没有吃过北方的杏果而已。

她问：杏花是怎样的一种花？江南多桃花，杏花有桃花这般妩媚吗？江南的水边也有樱花，杏花有樱花这般灿烂吗？江南还有好多的月季和玫瑰，杏花有月季和玫瑰这般的争艳夺目吗？江南的廊下更有一串串紫藤花，杏花不会有那样忧郁的紫色吧？杏花的花瓣是单瓣的还是复瓣的？茶花就不一样，单瓣的复瓣的都有呢！

一下子这么多问题，让我眼前繁花似锦，却又不知如何作答。

她说：我喜欢吃各种水果，不管这果好不好吃，都想尝尝。多么期待在一个明媚的春天，去北方看看杏花，在一个收获的季节，吃吃杏果。不知道杏花结的果是怎样的？如青蛇果那样有着晶莹剔透的绿吗？还是被西施尝过的醉李那样有着醉人的酒红色？

杏花美，杏果酸，酸酸美美让人怜。说到杏的果实，北方没有人吆喝"卖杏"，只是叫卖"甜杏哦——"，大概是因为杏与姓谐音，卖"姓"被人瞧不起，吕布可谓卖姓高手，刘备骂他"三姓家奴"；青楼卖"性"者也是被人所不齿，所以卖杏者多吆喝"甜杏哦——"，如今有超市，叫卖者很少了。离我家不远就有一座小山，是当地一位老农承包，山上种满了杏树，我们称此处是"杏行"，每年杏花开放，满城的少男少女都喜欢在杏花下合影留念。

她说：那一定是美极了。江南的乡村，小时候我见过一大片一大片的油菜花和同样成片成片的紫云英，可这些如今也很少看到。想象中一树一树海洋般波浪起伏的杏花，让我回到了童年。快快将杏花的照片传来吧，没有杏花，那就杏叶吧，杏果吧，杏树吧。

我疑惑地问她：为何这般喜欢杏花？

她像是看穿了我的心思，说："您说了那么多，却把最重要的忘记啦，杏，也是幸福之'幸'的谐音，我觉得杏花是幸福之花，幸运之花呢！"

我若有所悟，心中感慨：一个人如果眼里看不到花的颜色，其生活中只怕已经失去颜色，而幸福生活的人，才有心思关心一朵花的颜色，关心一片云的模样，这样一想，觉得朋友说得对极了，甜杏，那是幸福的味道。

石榴

　　金秋十月，碗口大的石榴早已离枝，石榴叶有的已经泛黄、残损、败落，稀疏起来，露出带刺的石榴树条儿，露出那拧曲着盘桓向上生长的树干来。树干不管多老，多沧桑，都泛着青白。石榴花成了秋天里石榴的春梦。石榴籽的颜色，倒还有石榴花留下的印记。这个时间游览枣庄的万亩石榴园，多少让人有些失望，这里已经没有石榴花，也没有果，只有一棵棵石榴树。在百福院，百年石榴树像一位位老妇人，树下一个个造型各异的戏婴，令人莞尔。我朋友有一件精美的玉石挂件，清代和田籽料老玉，刻的是石榴、佛手、桃，号称"三多九如"。九如是指"如山如阜，如陵如岗，如川之方至，如月之恒，如日之升，如南山之寿，如松柏之茂"，三多即"多子多福多寿"，石榴满腹赤子，当然寓意多子了。

　　"五月石榴红似火"，小时候在家，如果邻居王奶奶家的石榴树开了花，必定是去赖着不走，缠着摘花的，王奶奶总踮着小脚，走到树下，分辨出谎花给我们掐下一两个，哄我们离开，我们总嫌不够多，不够红，嫌王奶奶小气。这次枣庄之行才知道，石榴花不仅有红的，还有白的、紫的、黄的。万亩石榴园，若开花时节，是什么样的情景呢？我问，即便有人说清楚，我也听不明白，那场面，那阵势，肯定是百闻不如一见。一片片，白的如雪，黄的似锦，红的那就是满山的火烧云啦！

我父亲生前酷爱石榴，他曾赋《石榴》诗"结果曾不论高低，独抱寒枝任风欺。满怀赤子剖腹见，酸甜只有自己知。"枣庄万亩石榴园让我感触万千，也附庸风雅写下五言绝句"休嫌表皮粗，剖腹见珍珠，不负花如火，频频入画图。"

说那么久石榴花，可并没入正题，我想告诉大家的石榴花是这次"全国公安经侦题材文学创作研究会"的会标，一朵永远不败落的红色石榴花，花心包着一个生长的"文"字，预示着酝酿成一个个破腹的大石榴，满腹赤子，晶莹剔透，如一粒粒珍珠。

这朵美丽的石榴花，必将开在每个经侦人的心中。

青檀

《诗经》有云：徂徕之松，新甫之柏。我们那里的山，多松柏树，百年千年，松柏仍葱郁，让人觉得雄浑，凝重，偶有虬龙干枝，直插云霄，大有磅礴苍劲之势。"泰山岩岩，鲁邦所瞻。"松柏树多伴花岗石，又称泰山石，成为玩石家的娇宠。而青檀树是很少看到的，"檀"之一字，赋予了树新的含义，紫檀名贵，黑檀端庄，青檀亦不差，人说青檀木材坚实，致密，韧性强，耐磨损，供家具及细木工用材，古代官员升堂审案所用惊堂木，皆青檀木所制，这一用途让青檀木真可谓登上了大雅之堂。

能在千年青檀树下，盘桓，畅叙，真乃幸事。我对丫头说："青檀作证，许个愿吧！"海枯石烂，此心不移，我们活不得那么长，青檀已经是我们爷爷的爷爷的爷爷的……有青檀作证足矣！

漫步青檀寺，舒同所题寺名及其他的石刻艺术都不为所动了，满眼里是青檀树的惊奇。按说青檀寺，是地道的古寺，可如今除了千年青檀、山中溪流曾见证过久远的历史，宏伟的卧佛堂、气派的养眼楼、高耸的报国塔却都是新建筑，缺少了古色古香陈旧的历史气息，而峡谷之间，青檀茂盛，空气清香，自能吸引游人。

泰山脚下也有一座古寺，名普照寺，传说建于六朝时候，它是泰山脚下一颗璀璨的明珠，我喜欢这座古寺，每去泰安，必到寺中小憩。他的大小与青檀寺相仿。青檀寺除了一棵高大的银杏，其余大多是绿意盎然，有淡淡的青草味的青檀树，寺中香火味不甚浓厚；而普照寺除了名贵的六朝松、一品大夫松等松柏树外，还有两棵巨大的银杏，还有一丛翠竹，松柏流出的树脂香气浓烈，冲淡了寺里的香火气。我没有见过青檀树开花，不知花色和花香如何？是否盖过松柏香？

看惯了松柏树，再看青檀树，别有风味。青檀如人，婴儿到青年、壮年到老年都是判若两人的，几十年的青檀树，树干又直又滑，千年老树却盘根错节，不经人指点，还以为是两种树木呢。尤为可观的是千年老树，它们饱经风霜，历尽沧桑，大自然就如一个园艺师，把它们精心雕塑成偌大的盆景，令人叹为观止。难能可贵的是，每棵树好像都生长在石头的缝隙间，石罅中，裸露的根紧紧地抱着巨大的山石，脚下没有一丝土，真是不可思议。郑板桥赞竹子的话可比青檀，"咬定青山不放松，立根原在破岩中"。有的老树中空，腹中又生出新树，母子两代，或者子孙三代在一起生长，吐故纳新，点缀大山，人生不能选择，若能，我愿化身为青檀。

青檀寺颜色是多样的，山上植被葱葱，金秋送爽，秋霜给大山换着新装，青檀的绿色依然是主色，可是一经红枫、银杏、柿子点缀，色彩斑斓，交相辉映。老子说"五色令人目盲"，可在这里，是大自然的和谐之色，我们只觉得清爽。

核桃

　　我从小爱吃核桃，源于小时候，我家有一棵核桃树，邻居王奶奶家也有一棵核桃树。我家那棵小，王奶奶家那棵粗。我家核桃树在院子里，无花无果只有毛毛虫。王奶奶家的在她家房屋后，树冠如盖，果实累累。"七月的核桃，八月的梨，九月的柿子乱赶集"，每年，刚过了阴历六月六，吃了炒面，我们就开始算计王奶奶家的核桃了。

　　她家的核桃树不高，不用爬树，折一根树条就可以抽打下来。几个调皮的小孩子，把风，偷果，打下一捧，就跑到溪边，找块大石先把核桃的绿皮磨掉，然后用水洗净，再用"剪子、包袱、锤"的方式，决定谁先挑，谁后拿，分配的个数绝对公平，剩下一个或两个不够分了，我们就当场砸开，就地分吃。王奶奶家的核桃属于厚皮的，由于是刚摘下来的，又用水洗过，湿乎乎的，很滑，有时候一不留神就砸破了手。新鲜的核桃肉，脆脆的，嫩嫩的，白白的，感觉不出它的瘦皱，核桃肉外边的那层黄黄的外衣，很难剥离，除不尽，就有些苦涩。每次偷吃核桃，手上先黄色后黑色的罪证，好多日子都不掉。王奶奶就是根据这，来找我们父母告状。被父母训斥后，我们往往变本加厉，偷的次数更多。即便如此，每当过了七月十五，王奶奶还是踮着小脚挨门挨户地送核桃。

　　我们不再偷她家核桃，不是对核桃失去了兴趣，而是王奶奶死在了那棵核桃树下。先是王爷爷去世，王爷爷去世我们都不知道，只觉得突然就不见了王爷爷。后来，村里来了工作队，大人们嚷嚷着，要扒坟，要把偷着埋掉的王爷爷扒出来重新去火化。这件事几乎惊动了全村的人，我们这些孩子，在大人中间穿梭着，围着一个土坑，看着王爷爷又被从土里扒出来拉走。过了没几天，就听说王奶奶在核桃树下跌倒，再也没爬起来，也被火化了。"远怕水，近怕鬼"，我们是怕核桃树下的王奶奶，自然再也不敢去偷核桃了。据说，从这一年起，这棵核桃树也不再结果。

　　王奶奶家的核桃不结果了，我家的核桃正茁壮成长，也不结果，大概有大茶碗口粗的时候，仍不结果，我们家收了玉米棒子，就把扒好的玉米辫成一大嘟噜，挂在核桃树上晾着，黄澄澄的，形式与椰子垂在树上不同，活像给核桃树穿了金色的裙子。除了这点作用，这棵树简直一无是处，尤其是树上多毛毛虫，长长的、怪怪的，样子很吓人。当我上初中的时候，听人说核桃木木质细腻，可以刻印章，我就爬上树，砍下树枝，刻印，可惜树枝砍了不少，印章没刻成一个。正准备砍掉它的那一年，破天荒这棵树结了十来个核桃，皮薄肉厚，讨人喜欢，父母说，开始结果了，可不能毁了它。就在生小丫头的那年，核桃树结了满满一树，母亲天天看着，盼着，等着它熟，一个一个把熟透落地的核桃捡起来，除皮，晒干，谁也不让吃，偷偷给丫头留着。丫头总说比买的核桃好吃。刚出生的小丫头头发黄黄的一绺绺，慢慢地变黑，像涂了油，全家都说那是我家核桃的功劳。等小丫头四五岁的时候，特别调皮，也像我小时候，不过，她趁着奶奶不注意，偷打的是自家的核桃。由于核桃结得少，又加上全家都喜欢吃，每年还是要买一些，那时候，恰好我在祖徕山脚下工作，满山的核桃，我可以从山农手里挑选最好的核桃，但仍然觉得没我家的好。

那一年父亲病重，八十多岁的姑姑先说床摆放不对，因为需要经常输液，父亲头西脚东，脚朝房屋的东山墙，她就说任是多硬的命也蹬不过山墙呀，家人忙忙地调整了床的位置。后，她又说，院子里不能栽核桃树，核桃树妨主，这可能有点像刘备的滴泪马的意思，家人又忙忙地砍了核桃树，砍得心安理得。然而父亲还是离我们而去。

中秋节回家，小妹买了一大箱子核桃，母亲要砸几个给小丫头吃，砸开几个发现都是变质的，大家遂七手八脚，把一大箱子全部倒出来，一起砸，整整一箱子核桃，砸出不到一茶碗核桃肉，原来，这一箱核桃是陈的新的混合着装，都是还未熟的时候摘下，变质后处理过外表的核桃。大家心情很糟，又说起我家的核桃树来，当小丫头听说是老姑奶奶"懿旨"砍了那棵核桃树时，噘着嘴巴说"是不是老太婆没牙，吃不得核桃急的呀！"大家不觉笑起来。前段时间丫头到楚雄出发说那里的核桃好吃极了，我就让她赶紧买回一些，咸味，薄皮，我一下就可捏碎，特别好吃。前天楚雄的朋友又给空运来四盒，令人感动。我想大姚核桃好就好在它让我找回了我家核桃的影子。

第二辑

花
草

菖蒲

当门岗倪师傅把我的那盆菖蒲搬回来时，我心中欢喜，眼前一亮，这盆菖蒲飘逸俊秀，叶色迷人，离开办公室快一年来，更加精神，想起崔莺莺的那句诗"还将旧来意，怜取眼前人"，让我心头一暖。这盆菖蒲，去年原在办公室窗台，我每日浇灌，它却病病恹恹，一副要死的样子，干枯的叶子让人心疼，我剪下来，夹在书里，散发着诱人的芳香，不忍舍弃。今年年初的时候，倪师傅看我不善养花，说帮我养养，搬它进了竹林，我有空也去看一眼，浇浇水，梳理一下，有菖蒲的干叶，有干枯的竹叶，知道它活着我就安心，盛夏时节，一不小心还会让蚊子叮一身包，但是看着它慢慢地生机盎然起来，就觉得值了。前几天，突然降温，倪师傅已经把它搬进暖房，准备过冬，我又让倪师傅给搬出来，我要拿回家，我要金屋藏娇，置于案头，陪它喝茶。

我从小就不喜养花，自己也说不清喜欢什么花，梅花太孤冷，菊花太清瘦，牡丹太富丽，荷花太高雅。也不知道自己什么时候开始喜欢这劳什子菖蒲，无所谓就是草而已啊，难道是"蒲草韧如丝，磐石无转移"这话害了我？喜欢是喜欢了，说到养菖蒲，最初并没有想过，总觉得养花弄景应该是退了休的老人家才做的事。

先是朋友送我一盆菖蒲，是在那年的农历四月十四日，说菖蒲是仙草，这一日是它的生日。当时朋友用的是一个不入眼的泥巴盆，我专门为它换了瓷盆，又在盆里放了块石头，布置一番，顿时觉得这盆菖蒲更加葳蕤生光，上得了厅堂。可是越是喜欢越养不活，好景不长，没到年底，就只剩下了空盆。于是，我又买一盆，养着养着，又养成空盆，贼心不死，我又买了一盆，养着养着，又养成空盆，真是好不烦恼。心想我不会养花，干脆买一幅画来挂吧。"三五瓜舟"之陈彦舟兄，喜欢养菖蒲，画菖蒲，我把他画的菖蒲裱好了挂在茶舍，权当自己养了菖蒲。

有朋友来，我指一指画，问"看看咋样，我养的菖蒲！香不香？"

朋友笑笑："香得治不了！比一蹦三尺高的大红玉都香。"

我生气："什么叫治不了？"

朋友答："就是活不成！"

我生气："什么叫活不成？"

朋友答："就是都死了！"

真是气死我啊，朋友嘴里的"大红玉"是我们常吃的一种大公鸡。我真生气："也不能拿大红玉作比啊！"

朋友答："那和什么比？看高雅的你啊，病得不轻啊！"

一句话，气得我啊！我说朋友没生活情调，朋友笑我附庸风雅。但是画的菖蒲总是缺少点生气，我还是要再养一盆菖蒲，才对得住自己的喜欢。

同事王兄的亲家是四川巴中的，王兄是爱花人，善养茉莉。我告诉他，菖蒲在南方水洼处很常见，让他问一下亲家可有菖蒲。没想到不几日，亲家就给他寄来一大包菖蒲，说是野生的，高高壮壮，叶子宽大高耸，一点都不像菖蒲，我当然没看上眼，只有王兄宝贝一样地养在盆里。可是想不到，才一年，王兄就养得它叶子越来越细，越来越短，越来越秀气，越来越像菖蒲。我靦着脸让他分我半盆，慢慢地养起来，还用手机扫描认识它，它叫金钱蒲，心想好俗的名字，但并不影响我的喜欢。然而，在王兄手里时，它长势喜人，到了我手里却一日不如一日，我沮丧极了，暗暗为它祈祷。也是多亏倪师傅帮我养养，这才把它搬进竹林，放在众花之中，置于阴凉之处，温养起来，这才慢慢茁壮起来，而且这家伙竟然有点乐不思蜀，在温柔乡里长得不亦乐乎。今天抱它回家，怎能不让人惊喜呢？我喷水，拍照，显摆一番后，嘱咐丫头："一定记得浇水啊！"

今春，阿滢兄的茶桌上也有了菖蒲，那日去，见一精致小盆，养着菖蒲，密密短短的叶子，像小伙子理的"毛寸"，菖蒲下面的土壤都用绿苔覆着，让我一见倾心，可是阿滢兄这次小气起来，说"这是李洪大姐给的，还有那一盆，那一盆"，他用手指着，其他的几盆是绿萝，兰草等，都没有这菖蒲让人爱怜。我好为人师地让阿滢兄如何如何来养，可等我第八、九、十次去的时候，见菖蒲叶稍先干枯起来，再慢慢整片叶子枯黄，我一声声惋惜，可总也没能挽救它。再去的时候，菖蒲不见了，茶桌上原本菖蒲的位置，摆着两只红瓷的茶叶罐，俗不可耐。阿滢兄的办公室接待全国各地书友，他的菖蒲出镜率很高，不知谁还记得他的第一盆菖蒲？我暗自叹惋。

就在前几天，我再去的时候，阿滢兄的办公室里又多了几盆绿植，竟然又有了一盆菖蒲，就在红瓷茶叶罐的旁边，我笑着说"大俗大雅，茶叶罐大俗，菖蒲大雅。好玩，要没有茶叶罐怎么能衬托出菖蒲的好啊！"我用手机扫描一下，名字叫虎须，柔柔弱弱的，愧对这个名字，阿滢兄又说"是李洪大姐见我的花盆空了不少，给我新换的。"这是怕我抱走的节奏啊。

我想，抽时间应该好好向李洪大姐请教如何养菖蒲。学会了，养好了，我也摆在案头，然后再问来品茶的雅客："看看盆里养的，墙上挂的，哪个更好啊？"

昙花

苏东坡"只恐夜深花睡去，故烧高烛照红妆。"，昨夜，我和丫头却是"匆匆月色驱车去，夜伴昙花待韦陀。"张黎一家都喜欢养花。张小妹更是养了一盆好昙花，张黎发来昙花将开的消息。我和丫头匆匆赶去。

一进门就有种淡淡的香气，不是梅花兰花荷花的那种清香，没有茉莉玫瑰百合的那种浓郁，是一种说不清的药香味儿。嗅着香气，我们径直穿过客厅，直接到了阳台，阳台不大，有点拥挤，茂盛的绿萝，多彩的秋海棠，龟背竹瑟缩在角落，一切小花小草都黯然失色了，全部都要给这一树昙花让开地方。说她像一棵树，一点也不虚妄。她身高挂到天花板，老茎已经木质化，手指那么粗。叶片肥大，倒垂着，深绿，妥妥的"碧玉妆成一树高"。

仔细看，昙花是从叶子上长出来，绿色的花托，长长的，覆着三角形的短鳞片；花萼绿白色杂着琥珀色，还带点红晕，向后弯曲着，像要极力地凸现出白色的花来，花瓣洁白如玉，吹弹可破，花心深处可见，淡黄色的雄蕊，排成两列，不是正向着花口，而是在花口内又向上举着，长长的花柱却伸展出来，让人感叹生命的神奇。每一朵洁白的花朵，都努力地仰起笑脸，长长的花托弯曲起来，轻柔的花瓣努力地张开，这就是昙花。一、二、三、四、五……共十朵，就是这丰姿绰约的十朵花，吸引我们深夜赶来，注目她，赞叹她，留恋她，而看着她又慢慢败落，深深地惋惜她。

一刹那让我百感交集，思接千载。昙花把最美好的一面，在最短的时间里呈现给了大家。其实，几乎所有的花都如此，即使是毒性十足的曼陀罗，也会把最美的一面展现出来。因为开花是花花草草最浪漫的事，最重要的事，于是花好月圆，花容月貌，花团锦簇等一些美好的词语诞生，而摧花辣手就成了坏人的代名词。

美好的花儿总是赋予人们美好的想象：《聊斋志异》里有"黄英""香玉""葛巾""绛雪""耐冬"等著名的花妖，她们情真意切，争奇斗艳，美不胜收。《红楼梦》里说林黛玉是绛珠草的化身，只因神瑛侍者经常浇灌她，她才用一生的眼泪还了贾宝玉。是不是曹雪芹也是听了"昙花一现为韦陀"的故事才演绎出宝黛的爱情呢？

一生只为一人去。

我听到"昙花一现，只为韦陀"的故事时，还少不更事。觉得没有阿难的故事感人。其实，阿难尊者感动我的，也不过是他和佛祖的对话，佛祖问阿难："你有多喜欢那个女子？"阿难回答："我愿化身石桥，受五百年风吹，五百年日晒，五百年雨打，只求她从桥上经过。"而这感人的情话最终经不住佛陀的点化，还是辜负了。深思之，昙花一现，带给我的失落和伤感，却又远没有昙花韦陀这个故事体现出来的执着精神更让我感动。

话说花神昙花，每年都会在明媚的阳光下随意开放，灿烂迷人。而一位身材魁梧的年轻人，每天都给她浇水除草，遮风避雨，小心呵护。玉帝得知后，心存嫉妒，大发雷霆，仙凡殊途，门不当户不对，怎么容得胡来，他对昙花严加斥责，惩罚她不得再与这个年轻人的凡人相见，不得再四季开花，花开花谢也不能超过两个时辰，他还强行把年轻人送去灵鹫山出家，赐名韦陀，让他看破红尘，斩断情丝，心中再无昙花。多年之后，韦陀如玉帝所愿，果真忘记了昙花，终日诵佛，不食人间烟火。而昙花痴心不死，算准韦陀每天晚饭后下山挑水的时间，默默地短暂地盛开，只是希望能见韦陀一面，希望韦陀能回头看她一眼。

年复一年，昙花默默绽放，韦陀没有回头。

这就是佛的力量吗？这就是仙的力量吗？存天道，灭人欲，拆散姻缘的事，玉帝一家没少办。可是换一个角度来看，当一朵盛放的花，洁白无瑕，散发着幽香，摆在韦陀的眼前时，他却能无动于衷，他真的是心无挂碍了？还是内心另有所属了？难道这也是玉帝施的仙法妙用吗？作为凡夫俗子的我想破脑袋也想不通！

昙花是卑微的，这种卑微是感人的。唐代李端有诗句曰"欲得周郎顾，时时误拂弦。"借用"曲有误，周郎顾"的典故，说女子频频地错弹琴音，只是为了引起情郎的注意。而昙花呢，用尽全力绽放，也是为了引起韦陀的注意。而韦陀化身千万，立身寺庙，守护佛法，心无尘埃，再也无暇顾及昙花了。当为之哭。

昙花欲败，张小妹送我们六朵，临走才看到客厅还养着几盆花，郁郁葱葱。午饭后，丫头问我：昙花炖鸡可香？

紫珠

　　新甫山的东路与中路，蜿蜒而上，在半山腰环合后化为一条山道，顺山道往上攀登则到云谷寺。此处有溪流汇聚成小潭，下临悬崖，夏季多雨时节，形成飞瀑，成为一景。由此景西行顺台阶而下没几步就是让人流连忘返的景点——子母泉。子母泉也是一处飞瀑，两边悬崖峭立，一块巨石横亘其上，水从巨石下面的缝隙中流出，煞是惹人遐思，有人还将此与青云山"一柱擎天"的巨石相关联，感悟天地阴阳造化之能。瀑布因水流大小分为两股，雨季水流大时，双流毕现，大流为母泉，小流为子泉；旱季水流小时，只存子泉如一线，随风飘洒，终年不断。在这洞天福地，我今天才知道，竟然生长着一丛神奇的灌木，结出梦幻般的"珍珠"，让人疑惑这仙株是玄幻武侠小说里难得的天材地宝，吃下会功力大增。

　　今天丫头与阿黎去新甫山游玩，我见她发来的照片一角，竟然出现一种紫色的花，我很好奇，在这深秋的季节里，怎么会有这么美妙的紫色花朵？想那紫藤花开仿佛是去年的事，又想即使偶尔还有未凋的豆角花也不会开在子母泉啊。我把这些疑问说给丫头，她笑我，说那不是花儿，是果实，是一粒一粒紫色的小豆豆，她还用手机扫描了，这种植物有一个非常贴切的名字，叫"紫珠"。我让她重新拍清楚了发我，我认真地审视，进而迷恋，想一步赶到子母泉看看。我还赶紧脑补了一下，紫珠又叫珍珠枫、紫珠草等。它的花期在六七月份，果期在八月到十二月。只可惜我错过了它的花儿，看到的只是它的果，如今十一月初，正是它熟透了的时候，鲜艳绚烂，有着耀眼的珠光宝气。说它是天材地宝，有些夸张，但它的确有止血之效。

　　紫珠的主要分布大概全国有十几个省份，没有山东。可是在新甫山竟见它的芳姿，让我很是好奇它的来历。看它枝条的粗细，估计落户新甫山颇有些年头，遗憾的是我虽然多次攀登到子母泉，也总在子母泉小栖，可还是与它失之交臂，错过了它开花，错过了它结果，错过了它最美的时节。紫珠于我会不会遗憾呢？旅游旺季，子母泉游人如织，尤其相传子母泉水远比求子观音神圣之后，更是让来子母泉的人心怀虔诚，斋戒、盛装、隆重跪拜、饮子母泉水，有着别样的情态，此情此景之下，紫珠真可谓阅人无数。可我还是自作多情地以为紫珠会遗憾，因为游人虽然伴在紫珠身边，可没有人去刻意认识它，呵护它，他们心中所想并不是紫珠。当然紫珠也许会把我看成"寻花问柳"的"渣男"。然而，繁重的工作，疲惫的身心，早已没有时间，更没有心绪和精力去"寻花问柳"。但是，亲近大自然总是没错的，到山野的时间多了，到医院的次数一定会少。

　　突然，我就想写出来，写出一组文字，哪怕没有任何意义。

猩猩草

　　前些年，曾与阿滢兄于一深山古寺中住过一晚，从那一直想着若有机会能再到寺中小住，当然不是为了接受佛理的洗礼，也不是羡慕张君瑞和宁采臣的艳遇，更不是为了寻求古寺一些惊魂故事的刺激，只是贪图深山古寺的那一份静谧和远离尘嚣的山林清新。后来还曾约阿训一起去实现这个愿望，可是一直没有再住过寺庙。周末去法云山正觉寺时，想起许多往事，重拾借住寺庙的想法，就更加嫉妒寺中那丛野生的"仙草"——猩猩草。

　　正觉寺依山而建，面南背北，两进院落，东西配殿齐全，寺内外古树参天，环境十分幽雅。相传正觉寺始建于东汉，后世又多次重建，寺庙虽不大，却也齐整古朴，尤其寺中矗立的宋、元、明、清等历代残碑石刻，更见其沧桑。寺内供奉着"儒释道"各家神仙人物。不管是求财、求官、求学、求子、求福、求寿，还是求姻缘，进的寺来，一趟香，齐活，既经济又实惠，最方便一些善男信女了却夙愿。

　　在大雄宝殿的台阶石缝间，在残破的石碑旁，生长着一株株野草，很有特点，顶端几片叶子凑到一块，形成一个平面，每一片叶片都是两种颜色，靠近叶柄是猩红色，靠近叶梢是绿色，远看，像是开满了红花儿。这种草叫"猩猩草"，它与常见的一品红有几分相似，不过常见的一品红是灌木，新生的叶子整个都是红色，叶子的形状也不相同，猩猩草的叶子很别致，有点像古代的戟，中间收腰，又似乎被虫子蚕食过。一查才知道，猩猩草还有一个名字叫草本一品红，还叫叶象花，真是名副其实。

猩猩草是入侵物种，它原产于美洲热带地区。九十年代作为观赏花木引进。如今已经泛滥成灾，连这乡野间的古寺内都野生遍地，没有人再过问它最初的来历了。只是"橘生淮南则为橘，生于淮北则为枳"，如今猩猩草漂洋过海，一定也改变了不少原来的模样。经年之后，未必没有"昙花一现为韦陀"那样的故事流传。

《西游记》里，小老鼠偷听如来佛讲经幻化了神通，才有了取经路上的"无底洞"；缠绕的灯芯，听了如来佛讲经，也才幻化成紫霞、青霞姐妹。如今这猩猩草，生于寺中，长于寺中，是避难？是逃情？自生自灭，无人问津，而日夜与青灯古佛相伴，又会幻化成什么样的绰约仙子呢？

我想拔一株移栽回家，可又担心本来只做"寻花问柳"之念，却又落下"拈花惹草"之名，就没有动手。当然，我也没有去做神瑛侍者浇灌绛珠草的事情，几乎没有碰触它，只是拍几张照片，挥一挥衣袖，不再去打扰猩猩草的清修。

　　董卿主持的《朗读者》好看，所谈话题多能抚慰人的心灵，有不少的章节也给人内心留下一丝淡淡的忧伤，这也是董卿的特点吧。她采访黄永玉时，用北京"万荷塘"作背景：一大片碧绿的池塘里，不时地闪过一朵粉红、洁白的荷花来，微风荡漾，摇曳多姿，交流的间隙里，摄影师也总是不经意地把镜头一转，给一片亭亭玉立的荷叶，一朵娇羞躲闪的菡萏来一个特写，像是专门为讨好一位漂亮的姑娘，而聚焦了镜头。

　　我喜欢黄永玉画荷，色彩斑斓、热情奔放、立体而多面，他画的荷与众不同，仿佛他画的荷比真荷还要像荷。

　　黄永玉告诉董卿，说小时候，外婆家的城门外有个小荷塘，孩子们淘气时就躲到荷花里头，弄个小木盆，看荷花底下的风景。所以，他画的荷花，与旁人的不太一样。

　　这种在荷塘里游戏的事情，北方是少有的，"江南可采莲，莲叶何田田，鱼戏莲叶间。鱼戏莲叶东，鱼戏莲叶西，鱼戏莲叶南，鱼戏莲叶北。"这种情形，作为土生土长的北方人，旱鸭子，只有从古人的诗词里去隔靴搔痒般体会其中的乐趣了。

　　喜欢荷，主要还是因为荷的团和绿、清和雅以及亭亭玉立，荷叶一团团，层层叠叠，挡住湖面；荷花一支支，开放的和未开的，连同开败的以及只剩下莲蓬的，像是在绿色舞台上跳动的孩子，可连到天边去，哪种花有这样的温柔，又有排山倒海的气势呢？"可远观而不可亵玩焉"，喜欢荷，更多还是因为一种传统的情结，像中国的"剑"字，"琴"字，"梅"字，"竹"字等，都赋予了一种特有的灵魂和气质，看到一个字就会让人浮想联翩，想到许多人，许多事，这诸多的字也都融入每个中国人的血液里了，是谓刻骨铭心吧！

关于莲，周敦颐称之为君子，就像菊是隐士一样，最适合做知己佳友。出差，要是能路过一片荷塘，我总会驻足停留，有时候经过人家门口或看到人家阳台有荷的影子，哪怕是盆栽的睡莲，也会不由自主地赞叹：看这家人，真是高雅，有情趣啊！

荷塘是没有办法搬到案头的，置一大瓮养荷又不会侍弄，只有把听过雨声的残荷束成一小把，插在花瓶里，放在书案上。干枯的荷叶，干瘪的莲蓬，仍然有着淡淡的荷香，相对静坐，却也别有一番滋味在心头：或感叹红颜易老，韶华易逝，或感叹颜色故去，清香依旧，或感叹莲蓬更具一低头的温柔，轻握着一支干枯的莲蓬，回想六月时节，"接天莲叶无穷碧"的胜境，强烈的情感冲击，会让人潸然泪下。因此，深秋时节，我总想着弄几支莲蓬来，摆在案头，与莲并老，共枯共醉。

茶舍一角的笔筒里，还插着前年陈瓷兄赠予的两支枯莲蓬，我戏称之"陈老莲"，陈老莲是明末清初的大画家、诗人陈洪绶，他与荷花有缘，幼名莲子，晚号老莲，是很有故事的画家。有人来访时，会不自觉地轻抚一下这两支枯莲蓬，总问哪里还有，也想讨一支。

前见友人照片，她手持一把莲蓬，站在一处荷塘边，静雅如荷。身后满塘残荷笑对着西风，大有一种英姿飒爽不畏强暴的英雄气概。抑制不住内心的喜欢，朋友应我所求，捡好看的几支送我。我激动不已，写下《水芝丹三叹》，录于后：

我是莲房

粉团锦簇的莲房

莹绿饱满的莲房

我多情地注目

那一捧莲瓣的开张

金黄的莲蕊

装扮我的辉煌

我，人世间最美的殿堂

我是莲心

洁白无瑕的莲心

深闺紧锁的莲心

我忘情地吮吸

那一汪碧水的沁香

裹紧的绿衣

却把我羞涩的心事包藏

梦都让莲花作罢

清苦，让我来慢慢品尝

我是干枯的莲蓬

干瘪枯瘦的莲蓬

暗黄发黑的莲蓬

亭亭的长茎

禁不住瑟瑟的西风

折断的腰身又浸在凄冷的水中

我，淋透了人世间的雨

我，听尽了人世间的风

南天竹

前些年，与几个要好的朋友相聚北京，其中天津的李先生，用筷子轻敲瓷盘，唱一曲《红豆曲》助兴："滴不尽相思血泪抛红豆，开不完春柳春花满画楼，睡不稳纱窗风雨黄昏后，忘不了新愁与旧愁，咽不下玉粒金莼噎满喉，照不见菱花镜里形容瘦，展不开的眉头，捱不明的更漏呀！恰便似遮不住的青山隐隐，流不断的绿水悠悠！"曲子不长，哀伤动情，他唱得又好，大家本来还有说有笑，可是一曲未完，离别的伤感袭上心头，一时都不说话，静静地听着，忘记了鼓掌。回家之后很长时间，这首曲子依然萦绕在我的耳边。我找来八七版《红楼梦》的原唱，跟着学了好久，终因五音不全，没学会而告终。

这首曲子是贾宝玉与冯紫英、薛蟠等雅聚时，在喝酒做游戏时宝玉所唱。一声声如泣如诉，如怨如慕，每一句仿佛都能看到林黛玉的身影，那黛玉的泪眼，形容的消瘦，展不开的眉头，点点滴滴，一愁一怨，都成为贾宝玉心中剔除不了的痛，让他牵肠挂肚，连带他的心中也有化不开的哀愁，哪有一点与朋友喝酒作乐之心，时时刻刻满脑子里都是林妹妹啊！

一句"相思血泪抛红豆"，不由让人想到林黛玉还是绛珠草时候之种种，曹公写到"只因西方灵河岸边，三生石畔，有绛珠草一株，时有赤霞宫神瑛侍者日以甘露灌溉"，有此前因，才有绛珠草对神瑛侍者的承诺："他既下世为人，我也去下世为人，但把我一生所有的眼泪还他，也偿还得过他了。"不由人想到《枉凝眉》的唱词"想眼中能有多少泪珠儿，怎经得秋流到冬尽，春流到夏。"不由人念叨"红豆生南国，春来发几枝，愿君多采撷，此物最相思。"诗词歌赋，戏曲小说赋予了红豆太多太多的内涵了，多得这两个字都背负不起了。

首次读《红楼梦》时还在上初中，懵懵懂懂，什么也没看明白，但绛珠草这个名字却记住了，也不断寻访，问过一些养花人，却都说没有养过。甚至有一段时间，我还怀疑绛珠草本身就是曹雪芹臆造的名字，世上根本没有这种草。甚至我把绛珠草当成红豆树，可我知道草就是草，肯定不是树，我不止一次地刻画它的样子：应该柔柔弱弱，有草本的茎秆，有绿色的叶子，犹如仙子，别有神韵，且还结着如眼泪大小的红珠儿，红得深沉，红得滴血。据说，东北真有这种草，还有一个名字叫红菇娘儿，生于田野，风姿绰约，果实绛红鲜艳，酸甜可口。可这些年来我总也没有见到过。

由于对林黛玉这个人物的喜欢，我时时处处关注着绛珠草，关注着一切结着红豆豆的花草树木。有种花叫珊瑚豆，结橘红色的圆豆豆，比花生粒要大要圆，但是感觉它太俗气；月季花也会结豆豆，和珊瑚豆差不多大，顶在枝头，颜色渐渐变红，也不好看；山麦冬结的豆豆或许最接近绛珠草，只可惜结的豆豆颜色是深紫几乎发黑的那种，也不喜欢；火棘结满了红豆豆，一丛一丛，摘的时候一不小心就被扎到，颇具野性，肯定是与绛珠草无法比拟的。我想绛珠草不是那么好找的，它的出处只会在《红楼梦》里。

那一日，与丫头在天玑公园散步。远远一丛红色的草儿映入眼帘。几步走上前，发现这种草叶子是红的，茎秆也是红的，最可喜的是结着一串串红豆，我几乎就认定它是绛珠草了。可是用手机一扫描，它名为南天竹，是南方常见的一种小灌木，却不知道怎么在天玑公园里落户了。我虽然有点失望，它不是绛珠草，但是又有点欢喜，它本来就不该是绛珠草，若绛珠草是如此整体火红的样子，那则是红孩儿了，怎么可能配得上林黛玉呢？

我正欲拍照，却有两个工人过来催我们离开："快走快走，前边要放炮了，快点离开"。公园靠南一片正在开发，放炮起石，干得热火朝天。我们还没走出公园，只听得"轰，轰，轰…"几十炮不止。脚下不断震颤，漫天尘土飞扬，我们赶紧离去，只是苦了这南天竹！

龙葵

　　直到今天，君子兰一直没有开过花。而这却不影响我们每天都会关照它，关照它的原因是它的旁边长出一株"龙葵"，这是一棵自己突然冒出来的龙葵，我发现它，仿佛像姜德明先生在自家的书架上，又淘出一本久违的好书，这小小龙葵给了我们大大的惊喜。

　　去年，君子兰的花盆小了，肥硕的叶子绿得深沉，弯弯的，大出花盆一大截。丫头向朋友要了松针土，找来一个大一点的紫砂盆，给君子兰乔迁新居。没想到，君子兰却并不给力，直到今天也未见开花。倒是君子兰的旁边却孕育出了一抹新绿。

　　开春，君子兰的旁边，长出一个嫩弱的小芽芽来，一点也不起眼，看到它努力地从松针土里探出头，我们也仅仅是略微惊讶，感叹一下小草生命力的旺盛。当过几天再看它时，它竟然长出三两片绿叶，蓬蓬勃勃，家里的两只小猫似乎也很惊奇，时不时从花盆边上蹭几蹭，连带的君子兰和这不起眼的小草上也沾上几根细细的猫毛。再过几天它又长高了一些，长大了一些，分出来几个枝杈，叶子也多起来，还开出几簇小白花，要不是淡黄色的花蕊醒目，花儿小得都引不起注意，伴随着花开，总有一个个青涩的豆粒大小的果实不断增多，继而变大，变紫，变黑。我这才确定，这就是儿时田间地头常见的"甜甜棵"，学名叫"龙葵"的家伙，这可是小时候我最喜欢的野果，如果幸运，会一连找到好几棵，酸酸甜甜，吃得满嘴黑紫，那才叫惬意。

我喜欢君子兰不假，可是浇水松土晒太阳，干的却都是照顾小龙葵的事，它们的习性有所不同，即使顾此失彼，我们也顾不得了，毕竟龙葵命短，枯萎之后，再好好照顾补养君子兰还来得及。

在我们的精心呵护下，龙葵茁壮成长，连带旁边的仙人掌，绿萝，肉肉花卉，蓬莱松等一众闲花野草都莫名地嫉妒起来，疯长起来。龙葵却也知恩图报，每日我们开心地采摘半茶盏的紫果，品尝久违的儿时味道，酸酸甜甜，带着一种别样的滋味，心里也不觉生出一股酸酸的感触，想起一些事一些人，虽然那时生活很苦，但是没有焦虑，没有牵挂，没有失眠，吃得虽说很差，但是吃得很香，吃得很放心。

喜欢摆弄花花草草的事，记忆犹新的有两次。其一，小时候一位邻居老奶奶喜欢种花，懒老婆、牵牛花、珊瑚豆……有棵夹竹桃十分茂盛，我总喜欢去掐一大把，老奶奶喜欢那花，追着我骂，不让掐，说有毒，后来知道还真有毒。那位老奶奶有一次打开了手电筒，但是不会关掉，她就倒扣在桌子上，说不拿起照亮就能省电。后来老奶奶因为儿子找媳妇的事上吊自杀了，从此我再不喜欢夹竹桃，也不喜欢花花草草。其二，结婚不久，我竟然又莫名其妙地喜欢起养花草来，有人说，喜欢养花草会生女儿，果然婚后第二年有了可爱的小丫头。巧合的是那年向同事要了一盆凤尾兰，这盆花疯长，长得一塌糊涂，像按捺不住的欲望，八面来风，一点没有兰草的幽雅绰约。有次照相，竟然让它做了点缀，如今还能看到它当时的茂盛。除却这两次不谈，侍奉"龙葵"当是我又一次生了浓浓的爱花之心，却又有点满足"口舌之欲"的味道。今年不只是龙葵，我还栽了蜡梅、丁香花、桂花、金银花、枇杷，还有韭菜、香葱、辣椒……

昨日，有同事问我："不见你写文章了？"我笑笑说："我那还叫文章？假大空，写得多了，有些话自己都信了。再说，言多必失嘛，还是养花种草实惠。"然后，我就滔滔不绝地聊起侍奉龙葵的心得来。

的确，还是花草暖我心啊！任何一朵花都值得好好欣赏，"吾家洗砚池头树，个个花开淡墨痕。"这是赏梅花；"幽兰生前庭，含熏待清风。"这是赏兰花；"桂子月中落，天香云外飘。"这是赏桂花；"荷尽已无擎雨盖，菊残犹有傲霜枝。"这是赏残荷赏傲菊，同是苏东坡，他赏海棠也别具一格，说"只恐夜深花睡去，故烧高烛照红妆。"赏花最惬意，最自在的要数陶渊明，"采菊东篱下，悠然见南山。"没有勾心斗角，只有清香环绕和身心放松，又有诗曰"世人皆叹解语花，不知为谁花解语。"我很讨厌把佳人比作能解语的花，仿佛花不语是花的缺点一样，其实在我看来，花的可贵之处恰恰是花不会说话，花不语这是优点，能解语则不是花，一位佳人若夸夸其谈怎么能比得上一朵花呢？

如今，龙葵隔两天还能采半茶盏，不是赏它的花，而是贪恋它的果实了，有一棵龙葵就有了一个不一样的夏天！

小葱

　　今年有幸开出三席地，每一席宽足半米，长约一米，聊胜于无吧，有人还笑话说"即使种金豆子也结不了几颗"。一席种韭菜，一席种小葱，一席栽了几棵辣椒。紧挨韭菜的是一棵梅花，辣椒地边是两株枇杷。每次浇地，梅花，枇杷都占了大便宜。我曾撰联曰：两棵枇杷欺辣椒，一丛韭菜衬梅花。梅花，枇杷也是才种不久，枝叶稀疏，如今更显出小葱的稠密。

　　种韭菜和小葱的时候，就撒多了种子，约十日发出细嫩的芽，又十日，细如发丝，高仅半拃，却少有辣味；又十日，小葱密不透风，郁郁葱葱，长势喜人，而韭菜稀稀疏疏，一簇一簇，像三毛；又十余日，韭菜，小葱之味道渐浓，拔一小把，足可下饭，自此，每天下午都拔一小把小葱，韭菜仍不舍得，而见者无不笑话一句："嗨，吃它的命啊！"

　　"吃它的命！"我和丫头初听时不觉莞尔一笑，想想估计人家觉得韭菜，小葱小得可怜，我们又拔得太少，十分稀罕，才有此一说。听得次数多了，我就陷入了深刻反思，仿佛真的不应该这么早吃它，它还那么小，它应该要长大，它也有权利长大，我们的确也应该等它长大，等韭菜叶子高高宽宽，等葱白长到板凳那么高时，再去吃它，似乎也只有那个时候收获，才是顺天应物，才不是吃它的命！

"吃它的命！"一句话又让我想到吃猪、吃羊、吃牛、吃驴、吃狗、吃骆驼、吃鸡、吃鸭、吃鱼、吃虾，几乎无所不吃，几乎无不是吃它的命呢？更有活吃猴脑，生吃海鲜……，真是吃它们的命呀！

《红楼梦》里"吃它的命"的情节也有许多，其中第四十九回里有一道菜最为"辣眼"。书中说"一时众姊妹来齐，宝玉只嚷饿了，连连催饭。好容易等摆上来，头一样菜便是牛乳蒸羊羔。贾母便说：'这是我们有年纪的人的药，没见天日的东西，可惜你们小孩子们吃不得。今儿另外有新鲜鹿肉，你们等着吃'众人答应了。"这道"牛乳蒸羊羔"，至今仍是名吃。相声《报菜名》里也说"蒸羊羔、蒸熊掌、蒸鹿尾儿、烧花鸭、烧雏鸡、烧子鹅 ……"有人介绍这道菜的做法，说要先将母羊宰杀，割开羊胎衣，放出羊水，再将羊胎剖开，除去内脏，摘净胎毛……，唉不忍写下去，心中还想幸好我没有吃过这道菜，可转瞬又想到自己也吃过不少羊肉，"五十步笑百步"而已，不觉冷汗淋淋。

人乃万物之灵，取用万物，为了生存，尚有一个"自欺欺人"的理由。而《水浒传》中实打实地吃人就完全不可原谅了：朱贵开店，竟动过吃林冲的打算。他给林冲介绍酒店时说"将精肉片为耙子，肥肉煎油点灯。却才见兄长只顾问梁山泊路头，因此不敢下手"；孙二娘要吃武二郎。十字坡，母夜叉孙二娘也做人肉生意，把大块好肉切做黄牛肉卖，零碎小肉做馅包馒头。书中说"见壁上绷着几张人皮，梁上吊着五七条人腿。"血腥瘆人！大名鼎鼎的及时雨宋江，竟有两次差点被人吃掉，一次是在揭阳岭，险些入了催命判官李立之口，一次是在清风山，差点入了王英之口。王英还说："但凡人心，都是热血裹着，把这冷水泼散了热血，取出心肝来时，便脆了好吃。"当然，更血腥的那是吃人不眨眼的李逵，不说也罢。有人说，这都是小说家言，不足信。可是历史有记，易牙把儿子炖了给齐桓公吃，隋末朱灿更是吃人魔王！小说家编得再精彩都赶不上现实更让人瞠目结舌。

而今天，我们没有拔小葱，我们在等它长得更大一些再吃。"吃它的命"的反思，让我萌生"吃素"的念头。

仙人花

　　我不善养花，主要是经常忘记浇水。为了客厅有点绿色，丫头倒是每天都收拾她的花架。我建议她多养点仙人掌，仙人球，仙人棍等一些"气死天"的所谓"懒人花"。几年前，我甚至连真仙人球也懒得养，把庆斌表哥画的一幅油画仙人掌挂在墙上，权当自家养的花，增加生气。这幅油画极为写实，简陋的花盆，暗绿的仙人掌和仙人球，带着寒光的尖刺，本身色调就冷，更是开出一朵冷艳的白花，似乎花瓣的末梢都是尖刺，欲扎人，让我以为仙人掌，仙人球的花色也都是白的，更是从心里再生不出对这种花儿的亲近。

　　有一天傍晚，小妹端来一簸箕小仙人球儿，核桃大小，找来一个小盆儿，用筷子夹着，逐个往盆里栽。她最喜欢养花，口口声声说只要顺着花的性子，就没有她养不活的花。她把十几个小盆放在厦子底下的台阶上，一字排开，因为有刺，也多少有点气势。侄女亭亭来，看到这一溜仙人球，对小妹说"姑姑，赶紧搬到一边吧，医院接了一个病号，一个小男孩不小心摔倒，双手摁到放在路边的仙人球上，剥出来四十多根刺呢！"小妹只是固执地把仙人球往里挪了挪，放在一些大花盆的间隙里，大花盆里也没有什么名贵的花草，不外乎刺梅、法师、紫荆、茉莉、龟背竹、蓬莱松、君子兰、三角梅等。仙人球没得选择，只能在浇大花盆时，得一点残羹漏水，但是风吹日晒下，却也长势喜人。

没几日，有两个仙人球伸出了长臂，像是乌龟伸出长长的脖子而闭着嘴的样子。这是要开花了。丫头向小妹要了一盆，小心翼翼地端回家里来，放在花架上，精心地浇上点水，比小妹照顾得更加贴心。而没有端回家的那一盆，就不知什么时候被人碰断了花臂，香消玉殒了。

　　一大早，我上班去了，却见丫头发来仙人球的图片。仙人球的花开放了，是怒放，是粉红色，层层叠叠的花瓣，明快靓丽，颜色上胜过牡丹之富贵，质感上比芍药更加干脆利索。团簇成的笑脸，干净明快，有点放肆地笑对着整个天地。花心有淡黄的点点花蕊掩映着深深的花洞，娇艳欲滴，惊艳异常，且只有一朵，是一枝独秀。我想花开的瞬间，它就成了整个花架的焦点吧，成了明星，其他的花花草草都会为之黯然失色，"六宫粉黛无颜色"也不过是这个样子，小龙女去寻杨过到襄阳丐帮大会时的惊艳出场，也不过是这个样子。中午下班，几步就到花架跟前，一时间，我一看再看，拍照，录像，一拍再拍，乐此不疲。谁能想到其貌不扬，不招人喜，满身是刺的仙人球，能有如此诱人的一面呢，真是一半是海水一半是火焰，一半碰不得一半不忍碰。谁能想到我们家的破花架也有让我驻足的时候呢？我还一直觉得自己是个不俗的人，陶渊明喜欢菊，周敦颐喜欢莲，林和靖喜欢梅，我喜欢菖蒲，可看了这朵仙人球的花后，内心里竟然生出菖蒲不开花的遗憾。

　　有人说，上帝给他关上一扇门，一定为他打开一扇窗。对花似乎也是如此。看仙人球，长成那个样子，矮胖矬墩，浑身是刺，多看一眼都觉得难受，养它，不过仅仅是因为它也算是绿植，好养而已。可是看到它那勾魂摄魄的醉人之花，如绰约仙子一般，让人一眼难舍时，反而抵消了它开花之前时的那些种种不肖，觉得不开花时的仙人球也没有那么不好，甚至有点可爱起来，也为它找起理由：玫瑰花挺好，不是也有刺吗！

　　仙人球、仙人掌的花应该叫什么名字呢？我想仙人花这个名字挺好！

兰花

　　大寒日，冷彻心骨，似乎是旧年对抗新春的最后一次挣扎。我生性畏寒，只有瑟缩在沙发一角，将脚丫盖住，捧一杯热茶，才能感觉一丝温暖。大寒日，恰是周末，我宅在家中，抱着手机，沉沦在玄幻、穿越、悬疑、推理的小说之中，一次一次轮回，不想出门，不敢出门，仿佛门外就是魔兽、妖怪、劫修、陷阱、杀阵。我病病恹恹的样子，就像阳台角落里的那盆兰花一样无精打采，默默无闻地躲开众芳的喧妍，只想生死不为人知。

　　阳台的角落里只有一盆兰花，也是家里唯一一盆兰花，每年这个时候，它都要抽穗开花，然后一整年没有人再关注它，它默默地干瘪着老叶，静静地抽发着新芽，几乎看不出有什么变化，也只有开花的这个时候才会被发现出来，提示它还活着，一家人宝贝它一阵子。也许我静极思动吧，想看看它，走到阳台，找到它，看着它抽出的比叶子要高的紫色花穗，比去年多了一条。这是又要开花了，心里莫名有一丝感动，毕竟一年了都没怎么管它。但是，我并没有把它移到显眼的位置，只是掏出手机给它拍了一张照片。

　　梅兰竹菊，四君子中，兰花是排在第二位的。它没有梅花那般得宠，林和靖为梅痴迷，以梅为妻；也没有菊花那般傲娇，"宁可枝头抱香死，何曾吹落北风中。"且还陪衬着一个陶渊明；似乎竹子都要盖过兰花一头，郑板桥写竹"咬定青山不放松，立根原在破岩中。千磨万击还坚劲，任尔东西南北风。"兰花到底有什么好的？叶子如乱发蓬蓬松松，花色素雅不鲜艳，有的花甚至比叶子的色泽还要淡，可是为什么那么多人对它趋之若鹜？一株兰花炒到几千块，上万块，百万块不止呢？是因为它经年常绿的叶子吗？是因为它绰约不凡的风姿吗？远不止这些，还因它经久不衰的香气。明代薛纲有一首题画诗说"我爱幽兰异众芳，不将颜色媚春阳。西风寒露深林下，任是无人也自香。"有人还告诉我，兰花香气幽远沉静，高洁淡雅，甜美安神，沁人心脾。只可惜我无福消受，再好的兰花，我也闻不到它的香气，哪怕是把鼻子贴在兰花上也闻不到。往年每每凑上去闻兰花，总被丫头赶走，美其名曰"把兰花染臭了。"

　　古人赞它"芝兰生于幽谷，不以无人而不芳；君子修身立德，不以穷困而改节。"有人也借它赞美女子"兰心蕙质"。文人墨客总是赋予自己喜欢的花草以美德，即使牵强附会也乐此不疲，似乎唯有如此才能为自己玩物丧志找一个合理的借口，在我看来把兰花与野草等同才是它最高尚的美德，只是有人多事，把兰花从幽谷百草丛中挖出来，栽进金玉一般的盆里，登堂入室，装点起别人的案头，与菖蒲同病相怜，与水仙惺惺相惜，违心地凌驾于野草之上，无奈地吞吐着芬芳。从此，再也难以吸收天然的雨露，享受自然的风光。只是兰花自知，它只是一株小草而已，风可以欺它，雨可以打它，火可以烧它，日头可以晒死它，虫蚁可以啃噬它，即使如此，它也不愿意远离幽谷，装点起别人的案头。

　　我无法闻到香味，更多欣赏它的容姿。我欣赏兰花，还是看它的叶和花，还是停留在"以貌取人"的层次。善养兰花的竹梅大姐给我发来兰花的玉照，有淡绿色的，有白色的，有淡黄色的，也有的是白色的花瓣上印着深紫色的斑点，是不是也叫"抓花美人脸"呢？欣赏它的容姿不只是看花，我还会看画，历来有不少的名家画兰，手边就有郑板桥、萧士龙等名家的兰花画集，画得宛如仙子，比真兰花还好看。有风骨的画家称"不使人间造孽钱"，说得既有血性，又很风雅，惹得我也想画几笔。欣赏兰花，除了看画，我还会读诗，写兰花的诗有很多，可我最欣赏唐代诗人李贺的一句"幽兰露，如啼眼"，我拍的照片里恰有这晶莹的幽兰之露，很美，很幽怨，李贺写的是苏小小的泪眼，我看到的似乎是林黛玉的泪眼。悲情之泪，千古相同呀！

君子兰

今日，龙葵花开。想起去年吃龙葵紫果时候的惬意劲儿，对它特别上心起来，又浇了一勺水。当我拍照显摆时，朋友问：龙葵背后是什么花？龙葵是从君子兰的花盆里自己生长出来的，它俩使用一个花盆，紧挨着龙葵的自然是君子兰了！这盆君子兰来家也好几年了，感觉它从来没有痛痛快快地开过一次花，只是叶子肥厚，墨绿欲滴，尚有可赏之处。

龙葵我们从没有刻意地栽种过，大概是栽种君子兰的土里有龙葵的种子吧，就像橡皮树的花盆里长满了三叶草。在我看来，只要长在花盆里的都是花，也从不拔除，去突出谁，去消灭谁，而是任其生长，左右不过是为了阳台多点绿意而已。

君子兰不开花，这事很值得研究。而岳母善于栽种君子兰，不管是住平房时，还是如今住楼房，她家的君子兰从未断过，开花时间把握得也好，每年春节前后，老人家养的君子兰都是肆意地开放，是几株花挤在一起怒放。阿滢先生的办公室也有两盆君子兰，一样开得茂盛，那是善于养花的李洪大姐精心培育的结果。

其实，我并不喜欢君子兰的花，它花色不正，非红非黄，妖里妖气，比凌霄花更妖艳。它一开花，似乎又一下子夺走了其他花儿的精气神，也夺走了来访者的眼球，甚至让牡丹在它面前都会黯然失色。

君子兰还是不开花得好，是它的叶子带给它敦厚的形象。而一开花，似乎就原形毕露了，白瞎了"君子"的名头。再者，每看到君子兰，我就想到金庸笔下的岳不群，人称"君子剑"，其实，满江湖的人都知道他是伪君子，他被林平之彻底揭穿之前，还一直满嘴仁义道德，一统江湖的野心最终让他装不下去，野心的膨胀也让他走向了绝路！君子兰，不开花时，敦厚宁静，温润如玉，绝不会招蜂引蝶；开花后，一切都变得不同，开花就是君子兰的野心。

因为我家的君子兰始终不开花，或者有一年，它甚至都挤出来几个花骨朵，不知怎的最终还是胎死叶间，所以，特别不招丫头待见。有一年想用君子兰的那个花盆种月季，要扔掉君子兰，还是我帮着说好话："留着吧，看叶也好，它的叶子比橡皮树的都肥美！比那盆龟背竹还少占地方呢！"是我留下了它的花命。

去年，又想扔掉时，龙葵却长起来，我们还享受了龙葵的果实，这才打消了扔掉它的念头。这不，今年又长出了龙葵，龙葵又开了花，为了龙葵也不会再扔它了，它又该感激龙葵了。

岳母家的君子兰，花团锦簇，开得那么诱人，为什么我家的君子兰总是看不到花开呢？丫头从花盆的选择到土肥的配比，还有浇花的时间，一一向岳母请教。岳母疑惑地说"对啊，都没错了，就是这样啊！"我甚至都怀疑我家的风水不好，家里的空气不适应君子兰的生长。最后岳母不经意地问"将君子兰摆在哪儿了？"丫头说："不就摆在阳台吗？天天阳光充足的，它比我还会享受生活呢！"岳母恍然道："错了错了，要摆在后阳台，它喜阴！"

原来，君子兰喜阴，见不得明媚的阳光，我更不喜欢这花了！

凌霄

　　我不喜欢凌霄，并不是因为它高高在上，仿佛在云端里飘摇。当然，小时候父亲就教我背诵过白居易的诗句"有木名凌霄，擢秀非孤标。偶依一株树，遂抽百尺条。"可这样的花还有很多，即使最顶端的花，用长长的竹竿也会轻易地够到。紫藤就是这样的花，似乎它比凌霄还要骄傲，它在春天里烂漫，花儿比叶子丰硕。泰安岱庙里就有一株百年紫藤，让人惋惜它竟缠死了两棵古柏，这棵紫藤在两棵古柏之间形成一架飞桥，紫藤花枝下垂，像瀑布，十分壮观，这也成就了好大的一处景致，引得无数人前往打卡欣赏。幸好柏树坚挺，暂时还未倒地，否则，美丽的紫藤也会变成白居易说的"朝为拂云花，暮为委地樵。"

　　自古以来"拂云花"数不胜数。清康熙，九子夺嫡，雍正胜出。原依附于大阿哥、二阿哥、三阿哥、八阿哥等等众多的"拂云花"，多少人落马成了"委地樵"。白居易的劝诫诗似乎用处不大，千百年来，数不尽的佳人才子都千方百计去依附于别人而谋生养家，像陶渊明那样的人才有几个呢？作为凌霄也必须如是生长，这是本性，倒也无可厚非，因此，其"高高在上"的样子似乎也不应该是我不喜欢凌霄的理由。不可一世的高官达人跌落神坛，反倒是增添了茶余饭后的谈资，清者自清，浊者自浊，而凌霄警世，应该使人喜欢才是！

我不喜欢凌霄，主要还是因为它的颜色。它的花朵不谓不大，还三五成簇；形状如钟倒立，也不谓不美。我厌恶的是它的花色，它说红不红，说黄不黄，说是橙色吧，又不够纯正，还特别醒目，一眼扫去，看不见它都不行。觉得恶俗，让我不能接受，像是金庸小说《天龙八部》里的阿紫，烦得要命，却活到最后一集。

单位的凌霄花根部已经碗口粗细，它与更粗壮的爬墙虎纠缠在一起，爬满了东墙，爬满了南墙，又顺着墙角，爬上了西楼，又往主楼进展。油绿油绿的叶子，与东边的一片翠竹相得益彰。不喜欢它也就不关心它。也因此懒得去分辨哪是爬墙虎的叶子，哪是凌霄花的叶子，其实，爬墙虎的叶子要比凌霄花的叶子大得多，好看得多。凌霄花什么时候开的也未记住，反正招摇了好几个月了吧，一个夏天怒放，如今早过了白露，到了中秋了，它依旧开放；什么时候浇过水不知道，仿佛我从未给它浇过水；是否给它打过药除过虫也不知道，唯听到同事惊讶的声音："看啊，一整面墙，整面墙是绿色的海洋，凌霄花就是那点缀在夜空里璀璨夺目的星星"，我才抬头看它几眼。在我看来，凌霄就是死乞白赖地开着，我也知道，我的看法对凌霄而言极为不公平，它如果知道我的想法，也会破口大骂："我开得舒心自在，姑奶奶愿意，碍着你什么了？狗拿耗子，多管闲事。"

但是不喜欢就是不喜欢，不喜欢就不会去探究它的长相，不会在意它的做派，也不会研究它的过去，更不会关注它的未来。即便它每天都在眼前盛放，花枝招展，也不会去揣摩它的心思。今日如此浪费笔墨，也是因为夏天花少，荷花看罢，紫薇看罢，凌霄天天在眼前晃悠，写此练笔，为"寻花问柳"系列文章滥竽充数而已。

如今凌霄，多在花园、单位里栽种，而农村却很少有人栽种。有人说"凌霄花开是非多"，因此不种。多听说"寡妇门前是非多"，作为凌霄一棵花树而已，能有什么是非呢？我猜，是因为凌霄花长势不可控，在家里种一棵，会一不小心爬到东家去，爬到西家去，招蜂引蝶，落花落叶，喜欢它的人还好说，放任它的成长，不喜欢它的人会剪它、折它、烧它，容易引发邻里矛盾，招惹是非。也有可能，凌霄花开，引得人来赏花、摘花、如我这般对其评头论足，引起口角。前些日子回老家，年近八十的舅母说，"旗家的上吊死了，庙后头那处，有吊死鬼，二蛋他娘是吊死的，大娃他爹是吊死的，都住那个旮旯角"，我听着有点瘆人，问；"哪个旮旯？"，舅母说："你来时路过旗家大门口，满墙的凌霄花。"我心头一凛。心中暗忖，凌霄还是不种为妙！

红
蓼

万丈高楼平地起，道路宽广交如织。滨湖新区越建越好，已经初具大城市规模。

其中，城开玉园小区多栋三十三层高楼，错落林立，巍峨炫目，最是惹人注目。

我更喜欢这里的公园，滨湖新区依据地势高低，水流走向，据说将按北斗七星的大体方位建成大小公园七个，而每个公园都有一汪水塘，像七颗璀璨的明珠，如今已有六个对外开放，取的恰是北斗七星里的名字。这是最具创意的民心工程，市民也为能叫出公园名字，说出公园地点为乐事。

天权公园就是其中一个，它坐落在滨湖一号院和城开玉园小区之间，公园中心那一汪水塘，像眼睛一样闪亮，虽还未完全建成，但已经是绿树成荫，跑道如毯，小桥架于水面之上，小亭子翼然于水塘东南岸的高处，移步换景，大有可观，早已迫不及待地融入了人们的生活。

我与阿训几次在此晨跑，每次都流连忘返，这儿空气清新，鸟鸣蝉噪，好不惬意。且时见游鱼跃出水面，不经意间让人惊喜。而成群的小鱼往来于水边浅处，大鱼在水草之间游动，泛起水花荡漾，涟漪泛光，似有旋律。高出水面的细柔芦苇不时摇曳起舞，不是因为风，而是因为游鱼。水边的红蓼开出一串串穗花，弯着身子，似有所期待。在这里走走，真是所有的闷热、烦躁、不愉快之事尽随汗水一泻而出，快哉！

水塘的西边是大坝，南北走向很短，却挺高。我喜欢站在水面的小桥上，遥望站在大坝上乘凉的居民，多是老人和孩子，三三两两，或站或坐，各色的衣着与周围的花树掩映成趣，估计他们也会不时看一眼我所在的方向，或者看一眼倒映入水的我。

很多时候，我只是傻站着看水边的花草，其实只是看红蓼，我不知道我是什么时候认识的红蓼，小时候就喜欢它，每到河边湖边，先去寻找一番，觉得只有它可以媲美水边的菖蒲和芦苇。《诗经》有："山有桥松，隰有游龙。不见子充，乃见狡童。"其中的"游龙"，就是指红蓼，可见它枝叶的舒展放纵，茎干抽出红色的花穗，照水荡漾，犹如红色的游龙。历代画家都喜欢绘画红蓼的风姿，宋徽宗画过一幅《红蓼白鹅图》，张大千、齐白石等人也都画过蓼花图。画家历下老五临《红蓼白鹅图》我尤其喜欢，也尝试学习，但总是乘兴拿起毛笔，败兴无奈叹息，不是画不好，而是根本不会画。只能到水边一次次细品红蓼的真容。秋天的红蓼更加风姿绰约，艳而不俗，宋诗有一首《江村》写得非常妙："十分秋色无人管，半属芦花半蓼花。"芦花若雪，蓼花胭红，秋水澄练，长空碧蓝，真是美不胜收。只可惜，这里的红蓼太少，仅有几株。我想我会常来，守护着它，不让人采了去，每年都将会有新的种子落地，红蓼也会慢慢增多的，到那个时候，可以多情暗问"念桥边红药，年年知为谁生？"

我的梦想已经快要实现了，在这水塘附近，置一小房，围一圈篱笆，种一圈蔷薇，栽一棵梧桐一棵丁香，煮一壶茶，摇一把扇，陪一个人，读一本书……

周末，阿训和一群孩子，放生几十条红鱼，又给这汪水塘增添无穷乐趣！胡乱写来，有了几句诗，如下：

脉脉媚儿眼，巍巍万丈楼。

柳丝空抚影，红蓼自含羞。

鱼跃欲寻伴，蝉鸣为引俦。

篱笆结成日，相约四时游。

红豆

　　董桥在文章中说:"台南求学时期我贪玩集藏许多红豆,一年暑假到台北小住,父执宋烬余先生知道了送了两枚给我,殷红夺目,十分稀罕,说是早岁家乡福州老家的旧藏,还说'书似青山常乱叠,灯如红豆最相思'他读了《两般秋雨盦随笔》才晓得出处,嘱咐我课余细读这部好书。"

　　"红豆生南国,春来发几枝",所谓"南国"具体指哪里呢?长江以南?岭南?云南?海南?孩童读诵这首诗时,无心关切,至今对"南国"的概念竟也模糊不清,而"相思"却是越老越入骨。诗算是记得熟,红豆却一直未曾见过,既未到南国寻访,也无人相送,以至把做稀饭的"红小豆"当成这相思豆。

　　那年,请一位台湾姑娘来茶舍表演插花艺术,她一袭长裙,淡雅、高挑,用一件锦地球花的老瓷瓶精心地插花,神情专注,容色恬静,她目光净澈,远胜那一束白色康乃馨上欲滴的水珠。午餐时,她唱一曲活泼的"阿里山的姑娘美如水",大家掌声一片。当时,聊傅斯年,聊张学良,聊蒋勋,聊摄影的阮义忠,更多聊三毛,竟忘记问一问台湾可产红豆。这几日过年闲暇,读董桥的书《记得》,见此红豆文字,尤其说"福州老家的旧藏",才想起自己不认识红豆,才知道红豆是可以收藏的，遂问一问福州的树芳姐"红豆啥样？树上结？田里种？"她复我："正在做年糕，大概是赤小豆。"并立即拍了赤小豆发我看。

红豆是不是存放越久，越殷红？大概只有彻骨相思的人试过吧。只有相思的人才会长期保存，才最清楚红豆一天一天的变化，才能体悟浸过了相思血泪的红豆最"红"。每次听《红楼梦》里的《红豆曲》"滴不尽相思血泪抛红豆，开不完春柳春花满画楼，睡不稳纱窗风雨黄昏后，忘不了新愁与旧愁"，都仿佛看到林黛玉斜倚榻上暗自垂泪。

铁树的种子也是红色的，是一种橘红，铁树种子的形状比红豆大，像我们这里大个的红枣，少见，好看，好玩。朋友郦清送我三枚，红红的，我在案头把玩，十分宝贝，不曾想有一枚竟磨去一层红皮儿，我心疼得不得了，我赶紧放起来，前不久再看，颜色未变，橘红如故。去年再去江门，再去新会，在恩平温泉度假村竟然发现好几株铁树结下橘红的种子，故地重游，感慨万千，我又捡拾三个，可惜不如之前的三个好。

若说"灯如红豆"，我却是深有体会。小时候煤油灯、蜡烛、后来通电也是不到十瓦的小灯泡，借着这如豆的灯光，读金庸、读三毛、读《红楼梦》、读《聊斋志异》……一次次长夜不眠，都是这如豆的孤灯相伴。如今夜晚看视频，玩手机，图热闹，不读书，吸顶灯几与天花板等大，灯光如昼，再找不出"灯如豆"的感觉，当然也没有红袖添香，青灯伴读的相思。

张充和先生有一联"十分冷淡存知己，一曲微茫度此生"。董桥多次提到并表示喜欢，他赞美张充和的书法"字字娉婷"，他收藏张充和手书工尺谱《牡丹亭·拾画·叫画·硬拷》。张充和活了一个世纪还多，昆曲大家，她一生所历，有多少相思啊？先生的这一联，我喜欢前半句，若十分冷淡，还能不离不弃，必定是真知己。后半句，美则美矣，悲也真悲，张充和的知己友人大多先她而去，这一句是写实，也是叹惋，太过于孤寂，我不喜欢。我胡乱地改为"十分冷淡存知己，一粒红豆说相思"，可太过"小家子气"，亦不工整，遂恳请李老长枝先生为我重新对一下联，李老是我敬重的长者，他和董桥一样清雅博学，一样清瘦恬淡。长枝老对曰"十分冷淡存知己，万里寂寥逢比邻"。我要写下来挂在书房里，以慰相思！

　　如今，空中花园早已司空见惯，大都市豪华的空中花园自不必说，小城市亦很多业主充分利用楼顶平台，种花种菜、合理利用空间，打造起一片片空中绿地，美化和净化着周边环境，成为小小的空中花园。比它更小的那是"阳台花园"，而阳台花园更是数不胜数，几乎每一个住楼房的人家都会在阳台上养上几盆花花草草，小的有肉肉花卉，大的有龟背竹、昙花、桂花、侧柏盆景等等，富贵人家养点名贵的，普通人家养点常见的，也只有养上几盆花花草草，家里才会清雅、温馨、有生气。茶余饭后在阳台打理一下心爱的绿植，什么烦心事也都抛到脑后了！

　　而在阳台每年都不忘养荷花，甚至养出荷塘味道的人家却不多，东城李云女士，恰是阳台养荷的名手。陶渊明爱菊，他在篱笆墙边种菊花，有"采菊东篱下"的诗句；林和靖爱梅，以梅为妻，日日与梅花相伴；周敦颐独爱莲，却时常感叹"莲之爱，同予者何人？"如今好了，他有了知音。

　　李女士经常读我写的花草系列的文章，知我喜欢树木花草，几年来，她常把她家的阳台花园拍图发给我看。我觉得她家阳台应该不大，但是却成了花圃，她用粗笨的大缸养荷花；用大木盒养罗汉竹；用土盆养茉莉花；用白瓷盆养牡丹花；用大瓮养凌霄花；用精致的紫砂养兰花，可惜很多图片，我都删除了，不能一一对照她的养花之盆和盆中之花，如今表述应该与记忆有误，更遗憾的是我也想养荷花，却又学不来她高超的养花技艺。总之，觉得她家肯定是一年四季，花事不断，芬芳无限。尤其她养的荷花，绿意盎然，明媚可人，从春到冬，四季牵绊。如荷叶尖尖角时可赏，荷叶如盖时可赏，菡萏未开时可赏，荷花盛放时可赏，花落见莲蓬可赏，荷叶残破时还可赏。她发来的荷花图片，更是一幅幅惊艳绝伦，让人一遍遍翻看不已，看着这些荷花的图片，脑海不自觉地浮现出"惟有绿荷红菡萏，卷舒开合任天真。""接天莲叶无穷碧，映日荷花别样红。""荷叶生时春恨生，荷叶枯时秋恨成。"等等精彩的诗句。最近她又发来许多荷花图片，绿肥红瘦、亭亭玉立、洗尽铅华，恨不能亲临其境，一睹芳容。还有她的荷花诗，曰"荷香薰风八月，露洗玉盘枕纱。莲蕊香尘摇滟，纤腰微步流霞。"云云。让人不觉感叹是荷花有幸遇诗人，还是诗人多情种荷花，一时生"庄生晓梦迷蝴蝶"之叹。

如此想着，仿佛觉得有荷塘的清香随风飘到城北来，清香满室，难以分清那是新甫山下莲花湖的荷香呢？还是清音公园垂柳轻拂的清香？或许都不是，那应是心香。俗话说：予人玫瑰，手有余香。她这是赠予莲图，带了荷香。那日与阿滢兄聊起，阿滢亦收到她的荷花照片，称赞她善于种荷。

鸢尾花

　　凌晨一点，月正中天，很小，金黄色，像一个盘底，周围一小圈淡黄的月晕，朦朦胧胧的，衬在灰蒙蒙的长空，静静的，不眨一下眼睛，周围没有一颗星星。月到西天，就被厚重的云层淹没，天空一片黑沉。东边略见朦朦的青光，离太阳初升还有一段时间，天猛一阵子黑下来的，像是大白天暴雨来临的前兆。慢慢行走在一个小区的深巷，感觉路比白天宽广了许多，周围的住宅楼上零星有亮灯的窗口，像手电筒穿透着夜空，我嘀咕着"莫道君行早，更有早行人"。

　　路边的法桐，黑魆魆的，没有了白天的喧嚣，彼此都静默无言。估计它们也和我们一样蹲点执勤站累了，无精打采起来，它们需要一阵暴风骤雨来打起精神，我们也需要风雨来消除暑气。

　　一夜执勤，清晨交班，却下起了绵绵的雨，没觉得多凉，一个个小雨伞，像移动的小蘑菇，又有各种花色，高低不平地移动着，很美。端详着打伞人的身材，揣摩着他们的长相，融入这如花一样的伞群里，也不明白这是我的无聊还是职业病。

　　突然，一个女孩穿一件白色的连衣裙，腰上系一条黄色的丝带，穿一双蓝色的高跟鞋，扭动着纤细的腰肢，踏着水花出现在街头。她很紧张，甚至有点发抖的样子，又很决绝，步伐十分坚定，似乎毫不在意周围人的眼光。我们迅速跟上，却并没有惊动路人。转过弯，雨下得更大，她索性把伞斜斜地横在身前，身子全部暴露在雨中，高昂着头，雨水一会儿就打湿了她漂亮的卷发，湿发打着绺，弯弯地贴在她白皙的额头，像电影《小青》中青蛇的扮相。一个大男孩在后面疾步追赶着，"停下，停下，我们赶快去车站"，女孩脚步一个趔趄，一下子扔掉花伞，在花坛的拐角处，两手抱膝蹲下了身子，雨水湿透了她的衣服，紧绷着脊背的白色连衣裙，再也掩盖不住红色文胸上的纽扣，那是一枚鸢尾花模样的蓝色纽扣，很精致。而她惨兮兮的模样，更像一朵雨中的鸢尾花，让人心疼。她的模样突然由坚定变得忧伤，比舒婷的诗句"我的忧伤／因为你的照耀／升起一圈淡淡的光轮／在你的胸前／我已变成会唱歌儿的鸢尾花儿"更让人忧伤。鸢尾花的花瓣很柔弱，柔弱得无法碰触，吹弹可破，蓝色的鸢尾花让人觉得很纯洁很神圣，然而，此刻这个少女给人的感觉是落寞，是凄凉，又无法让人同情。因为这个像鸢尾花一样的姑娘，为情所困，失手杀死一个同样的花季少女。

雨水，泥水，一脸，一身，女孩被摁在地上，戴上冰冷的手铐，警笛长鸣，飞驰而去。一束蓝色妖姬散落在地，被践踏，再没有圣洁和高贵。生活又趋于平静了，吃饭、上班、睡觉，出差也少，烈日、南风、大雨，空气潮湿，小城里领导没有忙着视察，环保工人没有把地面打扫得光鉴照人，流浪者穿着破破烂烂，疯疯癫癫地满街游荡，路人麻木得已经熟视无睹，公园里知了嘶哑地叫着，一切都真实而恬淡。可从那天起，我经常去看路边花坛的鸢尾花，尤其是下雨天，那雨滴打穿的花瓣，让人可怜。

今天又下雨，我坐在电脑前，毫无目的地敲打出这些文字，有几只小麻雀站在窗台避雨，雨水湿透了它原本光滑干爽的羽毛，它瑟缩着，喳喳地叫着，来来回回扭动着脑袋，把它湿湿的、尖尖的嘴巴使劲地在窗台上抚弄着。不一会又钻进雨中，飞走了。它干什么去呢？下着雨，风又那么大，它可是也想去看一眼鸢尾花？

玫瑰

　　近年来，玫瑰花越发受到世人的吹捧，尤其情人节这一天，满大街都是玫瑰花的香味。少男少女只要手持一朵玫瑰花，都可以向世界炫耀自己拥有了爱情。玫瑰花也的确堪当其任，热烈如火，象征了美好的爱情。更有好事者为玫瑰代言，整理花语：红玫瑰代表热恋的甜蜜，粉玫瑰代表青涩的初恋。而不同的朵数也代表着不同的意义，如一朵代表爱的唯一，九十九朵则代表天长地久。《九百九十九朵玫瑰》则是三十年前的一首老情歌，"花到凋谢，人已憔悴，千盟万誓已随花事湮灭。"唱得十分哀伤。

　　玫瑰从不完整，永恒的爱情总是有无尽的遗憾。张爱玲在《红玫瑰与白玫瑰》一书里说得最无奈：娶了红玫瑰，久而久之，红的变成了墙上的一抹蚊子血，白的还是"床前明月光"；娶了白玫瑰，白的便是衣服上沾的一粒饭黏子，红的却是心口上一颗朱砂痣。

　　钱锺书的《围城》似乎也有这样的意思：人生是围城，婚姻也是围城，围在城里的人想逃出来，站在城外的人想冲进去，婚姻也罢，事业也罢，人生的欲望大都如此。

　　细细思量，爱情似乎的确如此，得陇望蜀，朝三暮四。就这个话题我也曾与阿滢聊起，阿滢的大概意思是诗人徐志摩爱林徽因是真的，爱陆小曼也是真的！阿滢还说他也有位朋友，诗人气质，特讨女孩子喜欢，一次次恋爱他都是动了真情，付出真心，轰轰烈烈寻死觅活的，可是每一段婚姻都不太长久，阿滢还说不能说他感情是假的，但似乎又有什么不对，说不清。爱的确不是那么说得清。

既然如此，谁还相信爱情呢？爱情也不应该相信世人！人世间没有不变的标签。爱情是浪漫的，浪漫的却永远不是爱情，否则，看一看所谓经典的爱情，永恒的爱情，哪一个不是遍体鳞伤。

我更想问：爱不永恒，那么爱能持续多久？

细细思量，爱是不能用时间来计算的，如果有人说我爱了你一天，爱了你一个月，爱了你一年，三年，哪怕说一辈子，我都觉得这种表述是有问题的。爱是不能用时间来表述的，不能说我今天爱你，明天我不爱了；也不能说我今天不爱你了，我明天再爱。在我看来，真爱是类似一种行为犯罪，一旦相遇相爱，动了真情，付了真心，就有了爱的源泉，爱就存在了，不会因为时间流逝、地点转换、生命消失而消失。虚假的爱则另当别论，那不是爱，是欺骗，是滥交，是逢场作戏，是不值一提的。真爱是情感的依赖，是无形的牵挂，是相逢的渴望，是无私的奉献，是由衷地疼爱，是不求回报的付出，哪怕相爱的人逝去，但是他们之间的爱却永远存在下去。

真爱了，朝朝暮暮，会想他、念他，会怨他、恨他，想躺在他的怀中，听他说动情的话，会调皮地挑逗他，赞扬他，看到他就像看到玫瑰花开，会不自觉地走上前，俯下身，轻轻地一吻，爱就爱了对方全部的色彩和清香，这是恋人之爱；当再有了爱的结晶，会不自觉地去拥抱，爱抚，轻声唤着孩子的名字，恋人之爱会升华到了亲人之爱。爱怎么能用一段时间，用一点时间来表述呢？爱是要全身心地付出，一生一世，生生世世，付出了，就永远不会消失。

玫瑰亦如是，热烈地开放之后，再不在乎怎么样凋落，她已拥抱了天空。

第三辑

花

事

　　与范治斌先生大概两年未见，见面还是那么亲切。他依旧洒脱地留着长发，薄薄的镜片遮不住他那炯炯有神的大眼睛，说话依旧不大声，我咨询他考研的事，聊一聊近况，说一说画画，欣赏他的佳作，外边寒风凛冽，室内温暖如春。他知我善泡茶，让我泡。而一桌美味是诗人无心老师亲自下厨筹备。两只鹦鹉还未学会说话，在客厅一个大笼子里叽叽喳喳地叫，阿训一句一句"您好"逗它们。我突然挺羡慕它们，治斌先生经常为它们写生作画，《聊斋志异》里也多次写到鹦鹉，而《阿玉》一篇可谓是专门为鹦鹉立传，这两只鹦鹉仿佛就是从"聊斋"里来，透着亲切可爱，为画室增添了不少情趣。

　　我们促膝长谈，时光如水，大半天转瞬即逝，说起一些老朋友，说起一些旧事，真是不胜感慨唏嘘。吃中饭时，不知怎么聊起几位治斌先生的学生，得其真传者不在少数，我想假以时日，必将成为一派，绽放异彩。他的学生中，我微信交流较多者有月峰老师，月峰是一位和尚，他的书画技艺深得治斌先生精髓。治斌先生说起他出家的经历，说起他考佛学院面试的情景，让人感叹他佛缘不浅。当年弘一法师有俗家弟子丰子恺，如今范治斌有佛门弟子月峰，这也将是一段佳话。

　　饭后，治斌先生带我们到二楼，二楼是他的画室和工作室。一到二楼，只见到处堆满了宣纸、卡纸、书籍、画框，书案上放着笔墨、笔洗、印章等，这在外人看来十分凌乱，但对治斌先生来说却是乱而有序。他每天都会画画，砚台新墨接着宿墨，桌案上始终是正在画或者刚画完的样子。治斌先生没有时间整理房间，外人也不能帮他整理，因为他要用什么纸，什么墨，哪一支笔，他最清楚放在哪。而看过治斌先生的画室后，一定会坚信：一个画家的成功，是天才加勤奋的结果，没有捷径。

另一个房间是他上"网课"的地方，疫情让他换了一种教学方式，专门有一位摄影师为他服务，据了解，他的网课诲人不倦，好评如潮。

原先相见，治斌先生会题字相赠，这次，他说："还有点时间，我给你们画幅小画吧，看看我如何随性地勾勒线条。"这真让人受宠若惊。他端坐在书案前，倒进砚台一点点墨，加了少许水，拿过一个小卡纸画起来。

当治斌先生用发丝般的线条勾勒莲花瓣的时候，画室安静下来，我们几乎屏住了呼吸，而治斌先生的神情近乎佛像那般庄严，一切繁杂的琐事都远离了他。他的心中只有一朵圣洁的莲，眼中只有笔尖。一条丝线静静地游走于纸上，不一会，如有神助一般，一朵莲花轻轻地落于纸面。莲瓣张开，莲蕊簇拥，莲房隐现，一股清气，扑面而来，带着荷香，带着露水，清新雅致，无以言表。

我和阿训静静地站立，身子靠向治斌先生，斜着，一动不动，聚精会神地盯着纸面，唯恐错过一笔一画，静到我们彼此都能听到呼吸声。只有一笔画完，治斌先生稍作解释的时候，我俩才松口气。一瓣莲花画完，治斌先生轻轻地蘸墨，润笔，举手投足间那么淡雅，感觉得出他心静如水，一尘不染。他轻声地说："莲花瓣也要画得错落有致，圆非无缺。"

中国书法将线条的质感、美感表现得淋漓尽致，王子庸先生还专门提出"线质说"，范治斌先生的绘画亦然，他的线条充满了生机和变化。治斌先生在提按运转之间，赋予了线条生命，用这有生命的线条组成一朵有生气的莲花。同时，这线条，这幅画与治斌先生的思想情感又紧密地联系在了一起，这次相见，我感觉治斌先生更加沉稳，更加平和，更具涵养，对艺术的见解更加坚定，更为深刻，他的情感世界在他的画里都有展示，不管何时何地，每当见到这画这线，都会说"这是范治斌先生的手笔，他的线有生命"。治斌先生对自己的线也是自信的，他说："我的线是春蚕吐丝。"

画完莲花，他大刀阔斧地铺开笔补了荷叶，刹那间，荷叶如舞台，莲花如亭亭站立的少女，让人惊艳她的美丽。

一张画完，治斌先生没有停歇，拿过同样大小的卡纸，又画了一朵莲花，一样精彩，让人拿起这一幅难舍那一幅，我和阿训一人一朵，题跋也是一样的，题曰"一念莲花开"。一张小画，治斌先生也那么认真，全身心投入，一丝不苟。"一花一世界，一叶一菩提""一念莲花开，无尘亦无埃"，一念生，满心的宁静与善良，平淡与美好。

一幅画，治斌先生把我们带进清凉纯净的世界，我们反复欣赏着，治斌先生自己也欣赏着，像欣赏别人的画，他的画打动了他自己。忘记了谁说过："能打动画家自己的画才是好画，自己都打动不了怎么去打动别人呢？"

是花非花

《云山花事经眼录》是潘小娴女士三口之家共同编辑出版的书，分春色篇、夏影篇、秋韵篇、冬彩篇四本。这是一套图文并茂，精美雅致的书，哪怕只读一本，只读完一篇，也会羡慕作者一家美好的生活，在亲子教育、家庭和谐等诸多方面都会受益匪浅。

而这样一套好书，我差点错过了阅读。之前，我为女儿买了一套，潘小娴一家都签了名。我未及细读，大概女儿就拿到了学校。当潘小娴女士又给我寄来一套时，我才想起我还未细读呢，这样也好，我可以好好拜读了。

潘小娴女士是我多年的朋友，那时她在《信息时报》编副刊，时常发我的稿子，也让我有了稿费买书。我两次到广州出差都蒙她热情款待。第一次，她陪我在北京路散步，逛书店，喝咖啡。广州的北京路像北京的王府井，像上海的南京路，红男绿女，擦肩接踵，五颜六色，热闹嘈杂，我们却能安静地聊读书年会，聊关于社区的文化建设和推广，聊北京路的前世今生。遇到我不知名的树木花草，她都为我指点一二。

第二次，我和同事急匆匆从深圳赶往广州查案，还是她的公子朱晴鹤，也就是本书的摄影，给网定的房间。那次，出差时间太久，南方"美食"，实在让我咽不下了，也多亏她找了一家近乎"鲁菜"的馆子，得以大快朵颐，饱餐一顿。我还去了她的编辑部，她的办公桌上，书籍堆积如山,她大方地用手一指,说"这堆书,您随便挑选,有看中的拿走。"这次,她还陪我在暨南大学的校园里散步,校园里荷花正盛,花香四溢。

相识经年,她赠予我的书,有关于宋词的,有关钢琴的,却并没有关于花花草草的。虽然知道她爱养花,但是对她的这一喜爱,也仅作为一般女生的爱好来看待,没承想她会出版这样一套花香四溢的书。她的微信似乎也是从她到车陂做社区文化开始,才多了花影。直到今天,我捧起《云山花事经眼录》后,才知道她对花爱得痴迷,是花的真正知己。对她们一家人的花事我也有了全新的认识。

作为爸爸的朱苏权是资深爱花人,他领着爱人潘小娴、儿子朱晴鹤,十九年间,每一个周末,都避开大都市的喧嚣,避开不必要的应酬,而以爬白云山识花、赏花、拍花、写花为乐。

潘小娴写的后记《一年无日不看花》洋溢着快乐和幸福,她这样说:"十九年来,一个又一个周末,我们一家在白云山上浪荡来、浪荡去,山花养眼,身心康健,真是爬山、赏花两不误!乃至后来,白云山的一花一木,什么季节开花,会开放在哪里,哪里的花开得最为茂密和灿烂,我们都了然于心。"

朱苏权总结到:除了逐花之乐,爬白云山益处多多,健身养生且不论,还有邂逅一些可爱的黄獠、山鸡、果子狸、画眉鸟、鹌鹑、蛇、旱蚂蟥等动物,心情为之愉悦;还有孩子朱晴鹤两岁多就陪伴爸爸妈妈爬山,正是才学说话、会走路的孩提时候,一路上许多的诗词、千字文,父子俩一唱一和都背诵了下来,摆脱了简单枯燥的学习模式,是真正的寓教于乐啊;关于朱苏权先生总结的"密切了亲情"这一点,我深有感触,也和好多人探讨过这个话题。他说:"到了山上,远离了电子设备、网络,大家不再是盯着电视的呆坐族,或者是盯着手机的低头族。且看黛山葱绿云雾缭绕，百花四季争竞芳菲，人的心情自然舒适愉悦，家人之间彼此便多了许多耐心、谅解。一家人之间的沟通自然大大增加，心也变得更加紧密了。"小娴女士一家把白云山称为"后花园"，我们家是把莲花山称为"家山"，周末也是以爬山为乐，登高望远，心清气爽，险要处相互搀扶，喝水时先要推让对方，一路走，一路说着心里的话，每每日暮笼罩，山寺关门，鸟儿都不叫了，才回家转，而所有的烦恼都会抛到山谷里去，接下来一周都是好心情。只是潘小娴他们一家除了快乐和健康，还收获了《云山花事经眼录》这套书；即使如此，潘小娴还不满足，她在收到朋友半夏的《与虫在野》时，说："五年光阴，半夏像个荒野侦探，与虫对眼。但至今我还只是走在逐花之途，只有一双看花之眼，所以我特别佩服半夏，不仅有一双看花之眼，还有一双看虫之眼，把世界看得更透。"而可怜的我，爬了那么多次莲花山，却少有诗文。

两岁就跟着爸爸妈妈爬山的朱晴鹤，已经成长为青年才俊，他拍遍了白云山的花花草草，也养成了不畏艰险，勤劳善良的优良品质。记得潘小娴与我聊起：朱晴鹤大学的第一个假期，曾由他负责全部行程，安排了一次全家的西北之旅；第二个假期，小娴女士和朱苏权工作很忙，朱晴鹤做了一次"宅男"，买菜做饭，负责一家人的生活起居。潘小娴快要下班时，儿子朱晴鹤会打电话问"妈妈，您想吃点什么？"朱晴鹤在这本书里也写了后记，其中一句话，我读了两遍"我十分感谢父母，他们在我生命的初始篇章中，引入了比白炽灯更加温和的阳光，引入了比钢琴更加悦耳的鸟鸣，引入了比书画更加自然的纹理。也正是所有的这一切，造就了如今仍然热爱自然、热爱探索、热爱思考、热爱幻想的我。"从牙牙学语起，他几乎是在白云山上认识的动植物。

一家人其乐融融，尽享天伦之乐，从一段对话，我们可以直接体味一下他们的快乐：

"哇！像刚出炉的面包，香香的，甜甜的。"——每年六月，走到白云山的桂花湖边，我都忍不住来这样一句赞叹。

"不是面包香，我觉得更像是苹果的清香啦。"——老朱辩驳道。

"爸爸妈妈，我觉得既像香香的面包，也像香香的苹果。"——小朱快乐地下结论。

在这样爱花的家庭里生活的每个成员，都是无比的快乐。我想《云山花事经眼录》绝不是他们家爱花的总结，他们一家对花的追逐还在继续，那是他们一辈子的事。

我没有朱苏权和朱晴鹤的微信，潘小娴的微信我经常浏览，她是"花事"不断的。就在前些日子，全国读书年会在哈尔滨召开，小娴女士到了呼兰河畔的萧红故居，与众多书友不同是，她更多关注着"花事"，在呼兰港公园，小娴女士看到仙人掌黄色的花朵，看到色彩斑斓美艳的爬墙虎，她都拍了照；在萧红故居的后花园，她也拍了照片，并配以文字说："大丽花都长成了灌木，甚至有的长得差不多与平房屋檐一般高，姿态肆意。这与在广州所见大丽花很不一样。广州基本是种在盆子里，个头矮胖又齐整。哈尔滨两美女，一个说叫土豆花，一个说叫地瓜花，皆因根下长着似土豆似地瓜的瓜儿"，跟评的谢惠女士说"我们老家叫'红苕花'，成都话有句叫'苕眉苕眼'，意思就是俗气"；更有趣的是崔文川先生给她设计的藏书票又恰是美丽的花瓶插着一束永不凋谢的花儿。因为有花，她这一路不寂寞，是芬芳的。

这本书，虽然配着精美的花儿图片，却又不是单纯地介绍花儿。除了朱晴鹤的童真、一家人的欢快等诸多亮点，潘小娴才情横溢，她旁征博引，每一篇文章也都充满着深厚的文学含量。如写黄荆花时，她写到"负荆请罪"，写到"荆钗布裙"；写落葵花时，她写到苏东坡与藤菜，写到《尔雅》里的落葵，写到《食疗本草》《本草纲目》里的落葵；写秋海棠时，写到李清照的绿肥红瘦，写到贾宝玉与断肠花，写到鉴湖女侠的海棠诗……诸如此类，潘小娴的文笔亦如她笔下的各色花儿，多姿多彩。

我尤其喜欢她写曼陀罗一篇，文章一开始引用"智取生辰纲"中一段，"赤日炎炎似火烧，野田禾稻半枯焦。农夫心内如汤煮，公子王孙把扇摇。"精明的杨志也忍耐不住口干舌燥，喝下了蒙汗药的酒。潘小娴娓娓道来，蒙汗药就是曼陀罗花所制。如此引出来她笔下的《双面娇娃淑女范》，看这篇名字取得煞是幽默迷人，超有趣的冷幽默。就在今天下午，潘小娴还发微信："提一大袋书，从单位打的回家，5:20坐上的士，现在才回到华师。不是塞车，是司机绕路。五点多时，明明等一下红灯，就可进入中山大道，往前就到华师我家。可这司机，七拐八弯了好一阵，竟然拐向黄埔大道，再拐天河公园。我只说一句'你这么绕，不累吗？我在广州三十多年了'下车时，司机态度极好，随我付多少钱。我付了二十九元，这是我平常打的回家的正常价。"我看完，忍不住大笑，这是潘小娴的幽默。

春夏秋冬，一路读来，满眼花色，满口余香，我却写下《是花非花》这个题目。因为我觉得潘小娴写的是花，更是他们一家幸福的生活！

访　杏

　　朋友要杏花的照片，周六我赶到山里，去寻找杏花。家人告诉我，桃花都落尽了，哪还能有杏花的踪迹。

　　阳光明媚，山中草还未泛绿，有一些不知名的小草，发出新芽，偷偷地躲在往年的枯草丛里，也有几株大着胆探出头，顶一朵鹅黄的小花，在风中摇曳。桃树已经返青，爱美的山里人家，在宅边屋后栽的迎春花，大都开败，黄绿相间，也别有情趣。柳树，柔枝轻摇慢摆，身段婀娜多姿。雪白的梨花在盈盈如盖的树冠上，素雅可敬，使人久久地昂着头，可没人数得清到底是千朵还是万朵。同行的几个人都不由自主地羡慕起山村里的美丽。

　　大家向山上走着，每次发现一些不知名的花开都是一次欢呼。有人热了，就敞开怀，有的就把外罩脱下拎在手里，边走边看边聊。一位六十多岁的山农，挑着满满一担粪，说着"借光、借光"向山上走去，看不出一点疲惫，倒比我们这些年轻人更显得步履轻松。路边有个放羊的中年村妇和他打招呼："二叔，这么早，上杏树？"

　　"是呀，是呀，施点肥，小满前后就能吃上甜杏"，他一换肩膀，快步走去。

　　大家都赞叹着老人家身体棒，说单位上老梁才刚过五十岁，人一退下来，老了，连自行车都骑不了。都羡慕挑粪老人，赞扬他比我们三十岁的身体都棒。又说乡村空气好，人长寿，还是在乡下买房子住得好。

给我们领路的一个老乡却对我们的说法愤愤不平，他说我们是身在福中不知福，老百姓哪有我们这般的舒服自在，还有时间看杏树，找杏花。他说乡村最近流行一句话："三十老，四十嫩，五十六十最有劲"，这是农村生活的真实写照呢。我琢磨着这句话，可不明白这句话的含义，刚又被他说得脸上有点臊，不好意思问他，我们一时间沉默，紧走几步，向山顶赶去。

我们到半山腰杏林的时候，那位挑粪的老人已经把粪堆到了五六棵树根旁，还用水桶提了山泉水浇着。我们沿着树底下的小路，走着看着，很少的几朵花还挂在枝头，被绿叶掩着，已经变白。树底下也尽是散落的花瓣。

"你们早几天来就好了，那时候好看，我都舍不得走哩"，老人一边说着，一边把大铁锨斜靠在杏树杈上，从背后腰带上拽下长烟袋，我赶紧给他递烟，他笑嘻嘻地接过，一边把他的烟袋递给我，一边说"你也尝尝我的，旱烟，可不如你的好，你这烟能换一篮子杏吧？"

我们问他杏的行情，他说："去年是小年景，杏没怎么结，今年兴许好些。麦黄时，你们来，那时候杏就熟透了，很甜的。"

我们称赞他身体棒，挑那么重的一担子粪，我们都追不上，他笑着，说："现在不行了，老了，年轻时候能挑四百斤呢。"

见聊得开心，我顺便问他"三十老，四十嫩，五十六十最有劲"是什么含义。他嘿嘿地笑，笑得有点苦涩，说："你们城里人，咋还不知道呢？乡下的娃子，娶媳妇分家，父母就要找地方住去了，条件好点的提前盖好老年房，差的就不好说喽。三十而立嘛，分家了就不能再管儿子的事，等有了孙子，孙子小还受儿子管教，儿子俨然是一家之主，这就是三十老的意思了。"

大家也都听得新鲜，围上来，不住口地问"那四十嫩呢？"老人吸了一口烟，将烟蒂往地上一扔，用脚尖捻灭火星，说："更好理解了嘛，等儿子到了四十岁，他的孩子也大了，就管不了了，孩子骑在老子头上了，当然老子就变嫩了。"

没等大家问，老人长叹一口气："五十六十最有劲，就是说我这个年龄了，我今年六十五，还要自己往山上挑粪，没有劲又有什么办法呢？"一时间大家无言。

走出杏行，给我们领路的老乡很难过地说："这大伯也活不长了，查出有癌，又没钱治。"静默一会，大家达成协议，凑出三千六百元又回去交给老人。告诉他，他的杏，我们包了。麦黄时就来吃杏，让老人好好养护。

扫花

老瓜画和尚扫落花图，寥寥数笔，即画出一个歪瓜裂枣的和尚来，一脸猥琐相地扫着落地的梅花，让人反复审玩也读不懂和尚，读不懂梅花，读不懂老瓜。花，真是一种奇怪的精灵，色彩各异，斑斓迷眼，多姿多态，有的团团簇簇，有的孤傲不群，有的招蜂引蝶，有的笑对风雪。而有的人爱梅花，有的人爱牡丹，有的人爱莲花，有的人爱水仙，花不同，爱花人也不同，但没有听说谁爱落花。

老瓜的"和尚扫落花图"画得传神，仁者见仁，智者见智，有人看出喜庆，有人看出调侃，有人看出落花无意，有人看出时光抛人，总会有人看得百感交集。我胡诌几句"和尚扫梅花，多情是老瓜。沾香帚何幸，却恨皆残花。"连同这幅"扫花图"贴在微信圈里，以期让人读出别样的心情来。

"花开时节动京城"，然而，又是花开花谢两重天，开在枝头时，人人赏；飘零落地后，无人看。其实，花谢已是悲摧，扫花则是蹂躏了，真是风光之后，想静默也是不可能的。有的落到地上，有的落到水里，有的落到阴沟里，有的遇到雨，有的遇到风，有的欲安安静静地落也不能，落花何辜啊？

扫梅花，仿佛是雅致的。因为梅花凌寒开放，清香而有傲骨，已经融入了国人的品质。梅兰竹菊人称"四君子"，松竹梅人称"岁寒三友"，林和靖更是娶梅为妻，因此，扫梅花自是别有想法和韵味。可扫花不是都像扫落梅一样风雅，扫花是一个力气活儿。比如，扫梧桐花、槐花、凌霄花，那可是苦差事，那就是打扫垃圾，和打扫鞭炮皮一样，和收拾一桌狼藉的碗筷一样，和整理糟糕的心情一样，不外乎赶紧清除干净，省得碍眼。

扫花，我是有切身经历的。

小时候，院子里有一棵高大的梧桐树，花开时节，整个东头街都弥漫着一种甜腻的香味，人见人夸。可一旦花落，满院子东一朵、西一朵，紫中泛黑，蔫了，脏兮兮，毫无美感，走路都担心踩到鞋上，还招惹成群结队的蚂蚁，真是烦人。没办法就拿大扫帚，将其扫到墙角，堆在那里，再不问津。

单位的东角门处，有一架凌霄，凌霄花期长，开得茂盛，一朵朵个头和梧桐花相差无几，尤其是下午，迎着夕阳，更是灿烂夺目，可一场风雨过后，满地落花，沾染着泥水，都懒得多看一眼，倪师傅也是赶紧右手握起扫帚，左手拎着铲子，快快打扫干净。白居易曾写凌霄花以劝诫世人要自强自立，不要依附于人。说"朝为拂云花，暮为委地樵"，何其悲也！

我每天都走杏山路，路两旁是高大的国槐树，树头盈盈如盖，中午走在绿荫里简直是享受。可是环卫工人却头疼不已，讨厌它作为绿化树栽在路两旁，因为它开花满树，密密麻麻，而花瓣又小，还不能一朝落尽，一阵风来，开败的先落，一阵雨来，则落花牢牢黏在地面，不易除尽，斑斑驳驳特别显脏。有些环卫工人耐不住性子，就使劲晃树，拿竹竿打，好让花落得快些，落干净些，他们一次打扫了去。

"落红不是无情物，化作春泥更护花"多指不用打扫的盆栽花吧，像牡丹芍药月季等，若从落花论，菊花还是最可人的，因为大部分都抱死枝头，无花果则最值得赞美，它根本就不落花。

杜甫有句"花径不曾缘客扫"，我常常吟诵，杜甫是不常扫花的，可是来了贵客也会扫花。扫花者，是打扫卫生，与花无关，哪怕是扫梅花，也不见得有多风雅。而葬花者却是埋葬花魂，是实实在在的雅致。林黛玉葬花，先是收拾花瓣，接着装进香囊，然后埋进花冢，一边还低声吟唱：

天尽头，何处有香丘？

未若锦囊收艳骨，一抔净土掩风流。

质本洁来还洁去，强于污淖陷渠沟。

尔今死去侬收葬，未卜侬身何日丧？

侬今葬花人笑痴，他年葬侬知是谁？

试看春残花渐落，便是红颜老死时；

一朝春尽红颜老，花落人亡两不知！

据说，葬花这等雅事，并不是林黛玉首创，唐伯虎早已有葬花的先例，他葬的是牡丹花。唐伯虎一生多舛，郁郁不得志，却不该悲悲切切，他远没有盛唐李白"举杯邀明月，对影成三人"的豁达之气，因此唐伯虎葬花之举，定然也为当时的士大夫所不屑，此事只能草草淹没于文坛。曹雪芹或许借鉴了唐伯虎的做法，构思了这一动人的情节，书中的林黛玉感怀身世，多愁善感，不葬花就不是林黛玉了。因此，林黛玉葬花成为美谈。

如今，许多人更喜欢插花，那年来一位台湾姑娘为我插了一瓶花，虽说都是蔷薇、康乃馨、茉莉、玫瑰、百合、千日红、扶郎花等常见的花草，可是经她一摆弄，错落有致，争奇斗艳，我摆了好久。后来，等花败了，也不过丢进垃圾桶，与被扫之花一样的命运。两个月前，去医院看望阿训，他让我把别人送的花带回来，嘱咐我干枯了也不要丢弃，可做干花欣赏，如今真就干枯了，摆在案上并不好看，像《聊斋志异》里王子服藏在衣袖里的梅花，早已干枯，只因是婴宁嗅过，才舍不得丢弃。倒是一支干瘪的莲蓬，两杆枯干的荷叶在花瓶里插了数年。

谁能够看花谢犹如看花开，扫花之时又惜花呢？我必将与他饮上一大杯！

枝头花与鉴赏

前不久，看画家陈彦舟兄贴出一幅山水小品，画得爽朗清明，意境风雅。彦舟兄题跋数字曰"戊戌冬彦舟课稿也"，这次他没有依照惯例题在画面左上或右上一角，而是题在枝头之上，画面不堵不塞，更加空明，且如梧桐、玉兰，树上生花，别有韵味。生花之树满树头的花也不好看，细碎的花也不好看，树冠之上偶尔闪出几朵花来，如一棵粗壮的石榴树，绿叶间点缀几朵火红的花，奔放如火，这才是神来之笔。

彦舟兄对这幅作品也自信满满，他说："此拟元人大意，气韵甚佳。"蛰庵子涵先生评曰："题款可视枝头花看"，我深有同感，却不能说得如子涵先生这般美妙，让我对子涵先生的鉴赏力大为钦佩。

"鉴赏"的魅力最是让我着迷，一些对事物超乎寻常却又切合实际的看法都会让我觉得眼前一亮，脑洞大开。当然，鉴赏不同于鉴定，鉴赏是在理性的基础之上还有主观意义上的品鉴，那是一种美学的品鉴。我仰慕那些鉴赏家，也由衷喜欢关于鉴赏的文字。

对于鉴赏的文字，接触最早，印象最深的是中学时所学洪迈《容斋随笔》一则，那是关于王安石的《泊船瓜洲》一诗，洪迈记曰："'春风又绿江南岸'一句原稿，初云'又到江南岸'，圈去'到'字，注曰：'不好'。改为'过'，复圈去而改为'入'，旋改为'满'，凡如是十许字，始定为'绿'。"

后来又学贾岛的"推敲"，领悟他写诗炼字的功夫，从中感受到鉴赏的莫大情趣。从那开始我读《诗词例话》《拉奥孔》《管锥编》等鉴赏类书籍，越发喜欢鉴赏类文字。

而真正为我种下"喜欢鉴赏"这粒种子的，是儿时的陈爷爷。小时候过年，几乎家家户户都要上供，把祖宗牌位摆在中堂，前面摆放鸡鱼肉肘及青菜鲜果。故去的姑父姑母、岳父岳母、外祖父外祖母属外姓亲戚，若"上供"是要写"邀请函"的，其实也是一种牌位帖子，不同的是上面写有"请"字。陈爷爷大字不识一箩筐，每到过年他都来我家找先父写牌位帖子。那一年，我十来岁，喜欢写毛笔字，先父让我学写牌位。我为陈爷爷写"请岳母大人殷氏之位"，他说"错了错了，我丈母娘那个姓，长得像蝌蚪"，我一下明白，像小蝌蚪的字是"尹"字，陈爷爷的岳母是尹氏。那时候，我并不知道"鉴赏"一词，如今，四十年弹指一挥间，我却记忆犹新，这是原始"鉴赏"的最初体验。

南宋俞文豹《吹剑录》记载，有一天，苏东坡心血来潮，问一位善歌的幕僚："我词何如柳七？"对曰："柳郎中词，只合十七八女郎，执红牙板，歌'杨柳岸，晓风残月'。学士词，须关西大汉，铜琵琶，铁卓板，唱'大江东去'。"东坡为之绝倒。不否定这位幕僚有吹马屁的成分，但是他的鉴赏水平也是相当高，柳永的《雨霖铃》和苏轼的《念奴娇·赤壁怀古》真可谓是词中翘楚，一者是豪情万丈的大丈夫，一者是多情感伤的美人儿。

最让人感喟的鉴赏莫过于王国维先生借诗词之妙，说人生境界。他说：古今之成大事业、大学问者，必经过三种之境界"昨夜西风凋碧树。独上高楼，望尽天涯路"此第一境也；"衣带渐宽终不悔，为伊消得人憔悴"此第二境也；"众里寻他千百度，蓦然回首，那人却在灯火阑珊处"此第三境也。

至于说刘墉为"浓墨宰相"，董其昌为"淡墨尚书"，张伯驹的书法为"羽飞燕舞"，李可染自戏"酱当体"，启功自称"大字报体"等都是书法鉴赏的佳话；至于说齐白石善画虾、徐悲鸿善画马、黄胄善画驴等等都是国画鉴赏的佳话。那么当下胡闹于画坛，仅会画几笔猫、猴、鸡、牡丹，而称王者，非但不是佳话，反而是笑话，是书画界的"乱臣贼子"。

鉴赏来不得马虎，自诩不是鉴赏，炒作更不是鉴赏。

　　就前几日，春风和煦，柳丝轻柔，迎春花醒目。阿训约了画家吴庆、寒梅女士等小聚。大家畅聊画事，不亦乐乎。

　　听吴庆兄谦虚地说"我是天天画，却不见长进，倒是落笔轻松随意了"。轻松而随意是画家难得的状态，是要用多少笔墨都不能喂得出来的，这除了要付出心血和汗水，还要有天赋，要有顿悟那样的身心空明。画家也只有轻松而随意了才能涉笔成趣，才能点画自然，我由衷祝贺吴庆。吴庆兄勤奋，每天临池不辍，青灯相伴，这也是自古以来有志者成才的必由之路。他这种执着拼搏的精神，与时下一些书画家热衷炒作，拉帮走穴的浮夸之风真是大相径庭。

　　吴庆就读山东师范大学时，师从丁宁原、胡应康等诸师。工作后，他绝少应酬，业余多拜名师，问学范治斌先生后，画风有变。他取长补短，融会贯通，孜孜矻矻，博学精研，当勤奋成为习惯，当他的手指也像齐白石一样，下意识地做握笔之状时，他的天赋必然焕发生机，绘画艺术必定绽放异彩，我们期待。

　　席间，我请吴庆兄为我画幅"梧桐"：一棵高大的梧桐，树下或置茶几、小凳，凳上倚一把蒲扇。我喜欢梧桐，与倪瓒的"洗梧"毫无关系。早年，家有槐树、枣树、榆树，唯梧桐树下可乘凉，因为梧桐树不落"毛毛虫"。夏夜，先父在树下教我写字："心里先要有这个字再落笔才会写得好！"说到写字，记得董桥在一篇文章中写到"小时候家中大人天天叮嘱写字一笔一画有头有尾才富泰，才长寿：字无福相，人无福气。"如今想来，先父之言是"胸中有丘壑"之意，董桥之说则是"写字要扎实端正稳重"的意思，其实画画何尝不是如此。

见吴庆画墨石山、莲花山、泰山，高山巍峨，松柏苍翠，几间房屋，或住家或庙宇，点缀其间，让人一看，感触良多。吴庆"胸中有丘壑"自不用说，新泰四面环山，青云山、法云山、龟山、新甫山、徂徕山等，中间汶水西流，属形胜之地，我们生于斯长于斯，见青山如见日月，天天相伴，吴庆自是有写山川之胜的优越条件，况且他还多次外出游历写他山之石，不管"他山之石"是不是"可以攻玉"，我想吴庆于"家山"更为爱重。

看吴庆山水，结构并不复杂，胜在气势。好山好水好风光之地，地形真的并不复杂，我讨厌画家凭空臆造，胡乱构图，画面诡异，如怪力乱神。画家范扬先生来莲花山写生时，谷雨有幸作陪，画"卧龙松"一幅时，松树低卧如龙，柏树高耸入云，一横一纵少见图式，却并不违和，原因即来源于自然。

吴庆爱山爱水，我们也多次聊起家乡山水。

如徂徕山有个村落，东北是梁父山，北齐人石刻闻名遐迩，西北不远是光华寺、竹溪，光华寺内古松蔽寺，千年三义柏高耸入云，而竹溪曾是李白等六逸隐居之地，正北青山巍巍，是村宅之靠山，山泉成溪，细水长流，流到村南黄花岭水库，溪流缓缓，有鱼有蛙，晚上还可照河蟹。三面环山，一面湖水的地形，让这里草木先绿，山花先开，蔬果先熟，这等物华天宝之地，吴庆怎么会不爱呢？

再如墨石山，进山门，经大佛往东，山路崎岖，峰回路转，一路山花烂漫，往北直深入大山腹地，抵达南北山梁与东西山梁交汇所在，避风，向阳，有小湖，澄净如眸，景色优美，四时风光不同，还有家小店，是我们常去的地方，喝一杯山泉冲泡的金银花茶，炸一盘山花椒芽，真是馋死人！此处更是距离吴庆老家不远。

新泰有如此好山，如此景致，仁者乐山，智者乐水，作为吴庆也一定是痴迷有加。眼中有山，则心中有山；心中有情，则笔下生情，吴庆笔下山水宜游宜居、可赏可亲，这也是他爱山爱水的结果吧！

做人要扎实，写字要扎实，画画也要扎实，要笔笔到位，墨色流淌。尤其画山水，笔墨更需浑厚，单薄了不行，草率了更不行。我喜欢黄宾虹晚年之作，"黑宾虹"甚至胜过真山真水之浓重！一座大山，尤其夜色或晨曦之中，远观山影起伏如线，山石裸露如肌，在画家当为"用笔"。而走近时，树木丛生，山石嶙峋，云雾缭绕，要想画出这些景致，只能用墨点点戳戳，淋淋漓漓，酣畅之处墨色流淌，这在画家来说则为"用墨"。而有些画家，笔墨功力差，难以把握，若用笔胜于用墨，棱角过于分明，即显浅薄而呆板；若用墨胜过用笔，则黑乎乎不见通透，一团糟，一幅好的山水，必须做到笔与墨的最佳结合。吴庆天赋加勤奋，假以时日，必然能达到笔墨的最佳结合，画山画水，有笔有墨，最终，又会消除结合之痕迹，笔墨过度极为自然，只见山见水而不见笔墨。

关于梧桐树，吴庆兄告诉我尚未落笔，但是他记得这梧桐之约！

芦苇荡

　　"蒹葭苍苍，白露为霜。所谓伊人，在水一方"，《诗经》中的《蒹葭》一诗，似乎给芦苇定义了一种意向，"川原秋色静，芦苇晚风鸣。"雪花与芦花共舞时，荒凉、凄美。后世的大多画家也沿着这个意向来绘画芦苇。而有些画家爱画几只鸿雁穿过一丛芦苇，意境优美，又有温馨之意，如山东画家老五爱画芦苇秋鸿。

　　杨耀先生也爱画芦苇，谷雨曾见到他所画芦苇十余幅，十分精彩迷人。杨耀初学油画，后拜关友声、黑伯龙等诸先生为师学习国画，又得李苦禅、王雪涛等名家指点，半个多世纪以来，杨耀先生踏遍祖国山山水水，画山画水画松，记得他曾说在泰山之巅最多一次一待五十余天，用功之勤奋如今少有画家可比。在山野水边写生的时候，杨耀先生一定是见惯了大江南北的芦苇，所以他的笔下也常见芦苇，谷雨即藏有他的一幅芦苇。杨耀先生笔下的芦苇与前人不同，在他的笔下芦苇成片，层层叠叠，密不透风，很少有零散的情景，他是画芦苇荡，一片芦苇在前，芦苇后面是水，是船，是房子，再后面或许又见芦苇。

　　若说老五等更多画家画的是深秋初冬之芦苇，意境萧疏的话，那么杨耀画的芦苇荡则是初秋正旺的芦苇荡，是《沙家浜》里的芦苇荡，是当年洪湖赤卫队躲避鬼子的天然屏障，也是孙犁笔下的"芦苇荡"，孙犁名作《荷花淀》，写出了芦苇的神韵，作为范文，编入了《语文》课本里，芦苇荡里不仅有鸟鸣，有蛙唱，还有队伍上的人秘密地来往，而芦苇还可以编织席子。芦苇荡好比北方的青纱帐，说到青纱帐，人们更多想起的是北方的高粱地、玉米地，想起《红高粱》，想起初出道的巩俐，想起民歌里高唱"大姑娘美啊，大姑娘浪，大姑娘走进那青纱帐"。杨耀画的芦苇荡恰有青纱帐的激情，他以浓淡交辉的笔墨，以缓急适中的线条，一笔一笔，何止千笔万笔，画出密不透风的芦苇荡来，从芦苇荡中，或芦苇荡的一侧，或者是绕过了芦苇荡的江流中，飘出一条小船，远远的岸边，排列着错落有致的几间房屋，给人的意境是富有生活气息的，是浑厚的，是生机盎然的！是写实的。

谷雨所藏杨耀先生芦苇画上，题的是司徒曙的诗，曰："钓罢归来不系船，江村月落正堪眠。纵然一夜风吹去，只在芦花浅水边。"司徒曙是唐代大历年间"十才子之一"，他的诗情感真挚，细腻，多写自然风景和乡情旅思，而这首诗闲雅疏淡，颇有情趣。然而，即使这样一首意境疏淡的诗压题，也没有冲淡杨耀笔下芦苇的阳刚之气。老五画芦苇，看点却是秋鸿，谷雨所藏杨耀先生芦苇作品，画眼却是一条若隐若现的小船，诗有诗眼，画亦有画眼，画眼不同则画的风格意境都不同！

杨耀先生芦苇画得好，芦苇边上的房子也画得好。我亦喜欢杨耀先生画的房子。有一年谷雨拜访杨耀老，在他的卧室床上有厚厚的一摞书，他吃力地趴在床上找出齐白石的一本画集，以床作案，摊开给我讲起白石先生画房子的笔意来，他说："每一笔都是写出来的，起笔、收笔，哪里是画画，分明是写字嘛！"杨耀先生笔下的房子也是写出来的，不只房子是写出来，小船也是写出来的，不只小船是，他笔下万千的芦苇也是写出来。

画柳

范治斌先生小品展以来，朋友喝茶闲聊时，往往会品评悬挂在侧的范治斌所画垂柳。

垂柳乃常见之树，平阳河畔多种垂柳，枝繁叶茂，粗者要两人合抱，柳枝倒垂，轻拂水面，柳叶如眉。暮春时节，柳絮飞扬，谷雨触之过敏，深受其害。

陶渊明宅边有五柳树，世称"五柳先生"，而他给人的印象却是"爱菊"。

我更喜欢丰子恺先生的《杨柳》一文。丰子恺先生与柳树有缘，他在白马湖畔教书的时候，曾栽一棵柳树在墙角，取斋号"小杨柳屋"，他也常以柳树入画。杨柳好养活，随便折一枝插在泥土里就会发芽。丰子恺没有嫌其"贱"，而知己一般地解读了柳树，他说"它长得很快，而且很高，但是越长得高，越垂得低。千万条陌头细柳，条条不忘记根本，常常俯首顾着下面，时时借了春风之力，向处在泥土中的根本拜舞，或者和它亲吻。好像一群活泼的孩子环绕着他们的慈母而游戏，但时时依傍到慈母的身边去，或者扑进慈母的怀里去，使人看了觉得非常可爱。"

而范治斌先生其中一幅《垂柳水鸭图》，所画垂柳不是小城常见品种，他画的垂柳，柳枝下垂，叶小而卷曲，阿训说像"烫了发"，落在水面的柳叶儿，像小蝌蚪，又像胖头小鱼。有的说，范治斌先生所画是旱柳，洪强医院西路，通向教委宿舍的路边就有一排这样的柳树。

范治斌先生线条轻柔刚劲，一丝不乱，功夫了得。我想他画这样的柳叶，要比他画竹叶还要轻灵简单，仿佛手只轻轻一抖，一片柳叶就长出来。

形容林黛玉有"娴静时如姣花照水，行动处似弱柳扶风"一句，而平阳河边的垂柳是既扶风又照水。不止平阳河畔，北京陶然亭的柳树，杭州西湖边的柳树同样扶风照水，婀娜多姿。范治斌先生画柳当然离不开画水。而他分明又没有一笔一墨在画水，他画的水像风一样是不着痕迹，而又显而易见的。他画天鹅、水鸭，画出了身子，也就画出了水；画出了倒影，也就画出了湖光；画出了光与影的旋律，也就画出了碧波；画出了远山和天际，也就画出了一望无垠的水面。

这是范治斌独具匠心的"布白"，不着墨处亦是画，甚至不着墨处比着墨处更见风流，如此一来，画才更加"气韵生动"起来。白居易的《琵琶行》有"此时无声胜有声"，谷雨要说"此时无色胜有色"。

阿训往往会说"看，多有静气，多雅"。雅，来自范治斌的笔墨之高格；静，当然是来自他的"气韵"。一幅画，范治斌先生着墨不多，画面的取舍也是独具慧眼的，闲杂人等，繁花乱树，当然也都在他的法眼里，但他只取一爿、一角、一枝、一处，其余的绝不入画。如此，柳树、水面、水鸭、远岸、天际、苍穹，具象的、抽象的，天地之美，聚于纸端，画出矣，绝妙。

《牡丹亭》里杜丽娘发嗲时写诗云"不在梅边在柳边"。我好羡慕范治斌笔下的天鹅、野鸭，天高地阔，水净柳新，它们得傍杨柳，悠游自在，何其幸也，它们才真是"不在梅边在柳边"。范治斌先生的画营造了一种空灵安详、超尘脱俗的境界，而今社会发展，人事纷纭、网络乱如麻、农村空巷、"五环"堵车……哪里还有一点静雅？

还是来谷雨茶舍饮茶赏画吧，来欣赏范治斌的杨柳拂面，水波不兴。

哭花

　　《红楼梦》第五回，贾宝玉在宁国公府游玩疲惫，由秦可卿引着到她的闺房入睡，遂进入梦境，神游太虚幻境，所饮茶名为"千红一窟"，酒名为"万艳同杯"。"千红万艳"是对大观园中众多女子的生动描述，她们不管出身贵族，还是地位卑微，盛开时节，五彩缤纷，荣华一时；花谢光景，命运悲惨，让人垂泪，不仅书中人"千红一哭""万艳同悲"，后世无数读者也一样，也基本可以对号入座，一样的"千红一哭"与"万艳同悲"，红颜薄命，自古以来都是逃不开的怪圈。不觉想起一些诗句，难免悲上心头，落笔成"哭花"片段如下。

　　"落花人独立，微雨燕双飞"原是多么有意境的诗句，而今春寒料峭，冷透暖衣，却赋予了她别样的意义。独立的人儿，双飞的燕子，在凄风冷雨里，哪里能够随意舒展，瑟缩着身子，让人生怜。落花是春在哭，燕来见人在哭。

　　"落红成阵"原是文人雅士笔下，多么凄美的景象，可是春寒太烈，而今，花儿开得晚，早开的花儿也耐不住寒风，还未绽放就已经吹落。真希望早一点看到那阵阵落红，却又怕看到。时光飞逝，怕容颜老去，怕飘香淡去，怕再无牵扯，而时光从来不为谁停留，该来的一定要来，该走的迟早要走！更何况除了容颜老去，还有斯人逝去。

　　"落红不是无情物，化作春泥更护花"。原本就是如此，世间万物，日升月沉，都有其规律，存在合理，失去亦合理，花开花谢，悲欢离合才是人生，永恒的只有无常。龚老夫子悟了人生，才如此的赞美逝去，落花犹如在枝头，枝头花儿终要落！唯不落的是心中那朵娇艳的花儿。

"无可奈何花落去，似曾相识燕归来"。真花儿总要飘落，不落的是假花，是塑料花儿，是墙上的画儿。无可奈何地飘落，是说花儿难以自主，不得不落去，不管风的事，不管月的事。无论是多么的留恋，无论是怎么样的祈祷，总要落去，那落去好了，不必念念不忘，难以割舍。至于"似曾相识燕归来"，那不过是自我的安慰罢了。况且归来又能如何呢？依旧是似曾相识，依旧会再次离去，相知相恋只有天知道。

"枝上柳绵吹又少，天涯何处无芳草"。柳絮飘尽，春天也就过去了，浪漫、爱情也过去了，"芳草碧连天"，芳草是不少，不属于自己的，哪怕近在咫尺，也是远在天涯。我喜欢内蒙古的草原，听着那悠长有点悲凉的长调，遥望碧蓝的天，静静地欣赏这天涯的芳草，长发飘飘，是舞动的旋律，长裙飘飘，是快乐的欢笑，我只是欣赏，欣赏那芳草。

"应是绿肥红瘦"一句诗，不过是写了海棠经过风雨摧残后的样子，花败了，败得很彻底，有的全部凋落，有的还留着几个花瓣在枝头，有的正在飘零。可从李清照的笔下流出，觉得那是最让人心酸的，仿佛是她流着泪的酒醒之语，是她一语成谶的后来的自己。吟诵这首词时，她还有丫鬟，她还能让丫鬟去看看海棠风吹雨打后的样子。后来呢？后来她一路逃亡，从北往南，漂泊不定，最后，让人看到的是一位清瘦的知识女性，清早起来，"寻寻觅觅，冷冷清清，凄凄惨惨戚戚"孤苦无依的真实生活写照。

"风里落花谁是主？"这句问得好啊！风雨之中，落红成阵，谁也无法主宰花落枝残，花也难以去管谁是主人，命运沉浮，不能自己。但是也有例外，有风吹不落的花儿，比如菊花，"宁可枝头抱香死，何曾吹落北风中。"有人说时势造英雄,那对花来说,时势就是风,起风了,百花凋零,菊花虽一时顶风盛开,"抱死枝头不肯凋",但最终还是会枯死,因为叶子、茎干也枯萎,甚至根也要枯死。

"天尽头,何处有香丘"。尤喜欢听王文娟唱"葬花吟",哀怨、悲凉,感同身受,让人心碎。"看风过处,落红成阵,牡丹谢,芍药怕,海棠惊,杨柳带愁,桃花含恨,这花朵儿与人一般受逼凌。"这风定然是如今春天的寒风,刚才新闻报道:又有多地飞雪飘飘!

一句诗词一句哭,泪已尽,花凋零。

归燕

一场秋雨一场寒。

路两边高大的法桐，在秋雨的洗刷下，显得更加郁郁葱葱，仿佛还要借着暖秋的阳光疯长。小燕子在法桐间穿行，时而绕树干，时而绕树枝，几片树叶飘落，燕子掠来掠去，也打湿了翅膀。悠长的街道，车水马龙，行人匆匆，高楼大厦在冷雨中多了几分静穆，少了几分喧嚣，偶尔几声汽笛也没让燕子惊慌，人们也无视燕子的存在。我想，若是只有燕子和法桐，则画面更为凄美，然而生活就是生活，聪明如高士都很难寻到净土，何况小小的燕子呢？

燕飞如花，那是青黑色的飞花，是靛蓝的飞花，是大仲马长篇小说《黑郁金香》里那朵特别的郁金香，燕飞如花，每只燕子都有着不为人知的秘密。看着一路上穿插飞翔的燕子，我一时茫然，一时震撼。丫头却说"这是小燕子在练习飞翔，它要飞往南方了！"

秋天来临，燕子要带着北方春的明媚，夏的狂热，秋的清爽，到南方去，要避开冬天的严寒。到了南方，它会绕着芳树，惹起相思，纷乱如烟，稍纵即逝，复又聚起，无一日消除。而等一个季节过后，燕子又打点行装，飞来北方，一路颠簸，带着春风、春雨，传达春天的消息。

燕子是使者吗？像汉代的张骞，交流文明？不，燕子更像精灵，如剪刀般的尾翼，是淑女、是绅士，如黑夜一样的外衣，神秘、高贵，不惧风雨雷电，从容来去，如赴约、如寻觅，惹人无限遐思。

"它是要回家吗？可它的家在北方啊！"女儿不解地问，我没有回答。

"燕子归来寻旧垒"，这是燕子从南方归来的时候，北方的诗人多发出的感慨。归去来兮，它们寻觅往年苦心经营的巢，再次衔泥，再次修建，填进温柔的羽毛和稻草，注满柔情，溢满一屋子欢笑。闲置的家，也就再次有了生机和热闹。白天燕子像蝴蝶一样翻飞曼舞，翩翩相随，阅尽春色；夜晚，在巢里相依相偎，喃喃私语，羡煞旁人，不几日，几个黄口"小儿"唧唧学语，燕宝宝出生了！

燕子出生在北方，若以出生地落户，那燕子的家就是北方了！在北方，燕子眼里有着别样的景致：有泰山、有黄河、有故宫、有长城；有白桦树，有胡杨树，有松柏树，也有牡丹和芍药；也有鬼鬼祟祟的小麻雀，"娶了媳妇忘了娘"的长尾巴灰雀。是燕子看惯了黄土高原，还是不屑与麻雀同在屋檐下？入秋，燕子就要盘算着南去了，拖家带口，往南飞啊，飞啊，仿佛南国里有着无尽的诱惑。唉！哪一只燕子一生中不是南来北往，辗转流离，哪里又是它的定所呢？有人也说，父母在哪，哪里才是家，跟着父母飞翔的燕子，有没有牵挂？带着孩子飞翔的燕子，有没有牵挂？还有那形单影只别有依恋的燕子，又有没有牵挂？

南方有多远？南方之南，又有多远？这一飞，何止千里万里，何止海阔天空！这一飞，是沿着京广线、京沪线还是京福线呢？这一飞，有多少故事，无从说起，必定有生死别离！有一见钟情！有温馨，有欢笑，更多的是失落和悲壮。

燕子在中途会不会停留，有没有也安一个温暖的家？在南国有没有舒适的家？燕子在南方过冬，是不是犹如有些人在海南过冬，在北戴河避暑，寒来暑往，都是找最舒服的地儿待着，买房，买车，金屋藏娇，不怕闲置大半年，就怕没有钱，没有权势。想起《聊斋志异》中一则"竹青"的故事，竹青原是一只乌鸦，后为汉江女神，湖南人鱼客与竹青情缘深厚，人与鸟竟成夫妻，鱼客穿上竹青给他的衣服，顿时化身乌鸦，飞越千山万水，从湘江飞到汉水，又从汉水飞回湘江，往来湘汉之间，鱼客可谓南北各有家室！

秋天紧走了几步，南方芳草碧树，花团锦簇，应该是有燕来仪了！而北方呢？逐日落叶如飞，渐渐只剩下裸露的枝杈，枝杈上偶有几只乌鸦！近日，到城北铁路附近晨练，两条轨道向南无限延伸，远远地汇成一个点。路两旁的杂草丛生，露重湿鞋，牵牛花开得恣意，斑鸠不时飞落，燕子却不见一只了，我暗忖：今年燕子走得忒早了些！期待它明年早一点回来，燕飞如花，那是北方一种不可或缺的景致。

春天风如刀

　　这两天阳光刺眼，气温骤升。"草长莺飞二月天"，本该是东风和煦，柳丝曼舞，不曾想才刚刚脱掉棉衣，刚刚过了一天或半天这样的日子，嘴唇竟已干裂，毛毛糙糙，火辣辣的疼痛。茶水喝到腹胀，唇膏擦到油滑，可不起多大作用，一阵春风来，吹走雾霾，却吹来干裂。春风不是温柔的玉手，春风是一把刀。

　　冬天风如针，刺骨。因为天冷，完全有理由躲闪到室内，躲闪到风吹不到的地方。透窗听取风如斗士般刺杀怒吼，一阵强似一阵，再夹杂着冰雪，室内室外两重天，悠闲地喝着茶，嘴唇始终湿润如滴，一点都不担心干裂。春天则不同，那花花草草，那依依杨柳，那漫天的风筝，整个天地都换了新颜，像盘了头抹了粉描了眉涂了口红穿了婚纱的美娇娘，勾着人的魂儿，把人轻易地从家里钓到山上、水边、广场，踏青、垂钓、运动，总之让人不由自主地出门来，开心到忘了自己。越是好天气越疏忽春风的威力，疏忽皮肤的保养，一阵风的功夫，衣服上头发上都布满了尘土，皮肤糙了，连嘴唇都开裂了。有人说，夏天太阳毒，夏风如火，夏天容易让人黑，此言差矣，其实春天容易害人皮肤黑，捂了一个冬季，终于可以透透光了，且春光明媚，晒在身上舒服，暖洋洋的，觉得根本用不上防晒霜，也完全不在意春风的厉害！在踏青赏春中，在欢声笑语间，春风拂面，正惬意着，不几日便入了夏，皮肤变黑了，变粗糙了，也并不认为春风才是罪魁祸首，却把这笔账都记在夏日的头上。

蜷缩了一个冬天，是该舒展一下身子骨了，难得女儿做完了作业，她拉着我打羽毛球。对这个要求，我欢天喜地，决心陪她活动活动，强身健体，没想到一个半小时下来，她越发活蹦乱跳，我却整个人像散了架，肩膀疼、胳膊疼、手腕疼，岁月不饶人，真是老胳膊老腿不中用了，而最难以抵抗的却是风，室外打羽毛球，最怕有风，可恼就恼在这微微的春风上，说风大又不大，能打球，说风小也不对，可以轻易地使球跑偏，她打顺风，轻轻一点，羽毛球就飞回来，我打逆风，抡圆了胳膊，羽毛球却半空里落下，打球变成了一次次发球、捡球，直腰、弯腰，这球打得好辛苦，"吹面不寒杨柳风"是骗人的，所谓杨柳风却是软刀子杀人，最终吹裂了嘴唇。而秋风多么坦荡，秋风扫落叶，一阵比一阵凛冽，秋风如箭，百步穿杨。关上门窗，是为了躲避秋风，裹紧衣服也是为了躲避秋风，而春风不同，随着春天的脚步，春风是慢慢让人打开门窗，解开怀，换上单衣。

在山坡前一片育林地里，我们沐浴着和煦的阳光挖野菜。那是一片半人高的小松林，由于林场工人的辛勤浇灌，让这一片小松林里的野菜比其他地方生发得早些。荠菜、柴菜、苦菜、婆婆丁、顾念愁（音）、车辙子（音），几步一棵，推开松枝，避开松针，弯腰拔出野菜，很惬意，很兴奋，这可是我二十年未干的营生了。如今，野菜不野了，变成家养、盆栽，变成大棚菜了。而地里的野菜，因为长时间洒农药、打灭草剂，几乎难以寻觅，万幸漏网的几棵，也变得赖赖歪歪，像得了重病，已经不敢食用。而小时候，却是靠着野菜为生。随着许多野菜的减少或灭绝，田地里还有大量的昆虫、青蛙、田鼠等小生灵也越来越少见，人最残忍、最可怕，有多少人为了眼前利益，残害了多少生灵，甚至不惜残害同类，人是应该对野菜感恩，向野菜致歉的。唐代诗人白居易说"野火烧不尽，春风吹又生。"好像是春风唤醒了大地，让野菜丛生。可是如今的春风里，却布满了农药的气味。我们挖着野菜，松风动处，却恶臭袭来，这是从不远处的臭水沟飘过来，沟边也有几株绿草病病恹恹，闻到恶臭，我几乎要将手里的野菜都扔掉，心里直犯嘀咕："这能吃吗？"

起风了，会不会要下雨了，心里一阵欢喜。庄稼人都盼着春雨，"春雨贵如油"，可有日子没下雨了。杜甫的《春夜喜雨》写得多好呀，"随风潜入夜"，那时春风像个美男子，牵手细雨，偷偷地在深夜里缠绵，那时春风相当温柔，那时春雨可以泡茶。正多情地想着，风竟越来越大，小树林竟也松涛阵阵，刚才还很清晰的山色，竟然模糊起来，像蒙了一层纱，那却不是水雾，是朦胧的黄土。"别挖了，快回家吧，看这天黄的，沙尘暴来了！"

越刮越大，春风已毫无往日的温柔，她变成了一把大砍刀，她要砍倒桃树、杏树、梨树，她要摧残迎春花、桃花、杏花、梨花……她要把貌似多情的、温柔的、漂亮的那些踏青的人儿都统统赶回那装修得时尚、漂亮、干净却缺少生机的家。

荷画

　　王成华，仙风道骨，鹤发童颜，是我们当地引以为傲的艺术家。他长长的白胡子，我也总想问他，晚上睡觉时是放在被子里还是被子外？

　　或许是泰山在眼前而不觉，或许是灯下黑，或许总觉得还有机会收藏到，所以我所藏王老的画不多。他的山村小景，构图明快简洁，用色大胆泼辣，气韵生动。画面上几位老者饮茶，闲适恬静，几只小鸡觅食，活泼喜庆，简单几笔，却多得人们喜爱。王老的书法笔力遒劲，结体大开大合，与郑板桥有一拼，用他的字配他的画可谓相得益彰，天作之合，更显乡土气息。

　　前几年，王老本人继他艺术作品之后，也亲自走出了国门，更加开阔了视野，除了画山水、花鸟，他竟画起了人物，抽象，简洁，大有毕加索的味道。我还发现，只要一谈画，王老就兴高采烈，他老人家的胡子越发白，面色越发红润，精神愈见矍铄，像个欢快的孩童，一如他的画。他的女儿寒梅女士多次说起，王老不管雨天雪天，不管生病劳累，只要有一点空闲，只要还能画，他都会站在画案前，挥毫泼墨，只有此时，他才忘记烦恼，无忧无虑地遨游在他的笔墨之间。寒梅女士早过不惑之年，说起王老爱画，她总滔滔不绝，满眼里是对父亲的崇敬。她曾多次说起"记事起，父亲就从没放下画笔，小时候吃饭时，我们姐妹最安静，父亲就拿我们当模特。有时候，父亲像变戏法一样从口袋里摸出一块糖豆，只要谁乖乖地坐着不动，谁就会有糖吃。"她还说"父亲今年七十二岁，画了半个多世纪，画笔犹如他身体的一部分了，不能须臾离开。"每听她言，我总会想，估计老人做梦都是舞动画笔的。

那次，一位朋友看中了王老一幅画，想高价购买，那是王老心仪的作品，曾刊登在《美术》杂志，这也是我市画家难得的殊荣，不知他是不是我市唯一一位《美术》杂志介绍过的画家？朋友约我一块去。那是一幅画满白花的三尺长条，枝条藤蔓的繁缛之中，花开花谢，乱花舞动，花香弥漫，酣畅之间又存雅静，煞是精彩。那是王老的精心之作，不舍地卖。后来，好说歹说朋友终于拿到手，朋友乐开怀，王老却有些恋恋不舍。在王老眼里，每一幅画都充满了他的心血，都像他的子女一样，都是他一笔一画，精心刻画出来的。去年他的画展前，我和许多人一样，流连忘返，用心体味他用笔用墨用色的深意，尤其是一幅四尺整纸的《荷塘月夜图》，静谧、萌动、清雅，有一种按捺不住的冲动，扑面而来，那真是美的享受。看似容易实艰辛，那可是从几十年如一日，如痴如醉的磨炼中得来，画家画家，人磨墨，墨亦磨人，当晚年人墨合一，随心所欲时，则下笔自能惊鬼神了。

王老的画之所以美不胜收，除了源于他对书画的热爱，更源于他对生活对家乡的热爱。家乡有山，本藉藉无名，村民直呼北山或东山，山上怪石嶙峋，松柏常青，有一巨石，形状如公鸡打鸣，老百姓又称此山为"鸡喔喔山"。王老常年到此山写生，一草一木，一花一石，无不浸透着王老的汗水。雨水冲刷，该山石多有墨痕，还有一块天然石砚，硕大无比。王老遂自号墨石山人。加之，山石所雕大佛修建完工，霞光普照，佛像慈悲威严，数十里之外，清晰可见，自此墨石山更声名大噪，成为市民休闲避暑的胜地。

最让我心醉的却并不是王老的近作，而是他十年前的一幅小画。那是他泼墨画的莲花，红的荷、墨的叶、白的水，而淡黄的蕊，淡墨的水草，完全可以忽略不计了，荷花两朵盛开，两朵含苞，墨叶可遮天，花茎可扛鼎，凑上头去，仿佛可以从红荷上吮出露水来，真是神情兼备，悬挂于客厅，一室清香。整幅画，红花墨叶比之齐白石更显艳绝，艳绝之外，意境又十分幽雅静谧，像是世外仙姝，披一袭红纱，如惊鸿现于旷野，给人无限遐想。大块用色用墨，又如油画，极具装饰效果，给人视觉上无比的冲击力。那日和丫头在"文欣斋"饮茶，我们连赞"好看！好看！"。这幅画挂在"文欣斋"的西墙之上，在"文欣斋"所挂杨耀、张大石头、郭志光、戴顺智、邓远坡、孟刚、李天军等众多知名画家的画作之中也毫不逊色，甚至高居领衔地位，我向寒梅女士求购。寒梅窘迫，说阿训已订。连著名画家杨耀先生都赞阿训有眼力，他捷足先登是必然的，遗憾总在阿训之后啊！阿训与我情谊深厚，胜过兄弟，在他处我仍可常去红荷前饮茶赏玩得片刻宁静，这总比明珠暗投好！

山山黄叶飞

　　深秋，是大多数画家比较钟爱的季节；深秋，大自然赐予的色彩比春花烂漫时节更美艳、更深沉、更广阔。每当这一时节来临，许多画家，都会备好颜料，背起画夹，跋山涉水，去为深秋写照！王庆彬先生也不例外，而且他还要带着一帮学生，用一颗纯洁的心，清澈的眼神，去发现美，记录美。每当他写生归来，我总是伺机掘取一二幅他比较心仪的作品，他总是笑说："我原生态的画儿都给了您！"比如这一幅，为之强取个名字的话，叫《未名树》吧，说它未名，是因为我不知道此树叫什么名字，且不想学"一株是枣树，还有一株也是枣树"的话。深秋，北方的大山依然以松柏为主，苍青深沉，偶有几株红叶、黄叶，也不过是零星地点缀。黛紫、金黄、清白，大山、天空、湖水，掩映成一片，这是大自然真实的色彩。而湖畔山脚下的几棵小树，树叶随风舞动，稀稀疏疏，青肥黄瘦，饱含着对盛夏的留恋，拒绝接纳秋天，很倔强，很个性！

　　王庆彬先生犹如他笔下的树木——倔强，他坚守三尺讲台，不计名利得失。他写生，眼中有什么笔下画什么，严于造型，一丝不苟，却由于他对某种颜色色弱的缘故，用色竟也美得出奇；他教学，少说多做，

133

身教胜于言传，循循善诱，耐心示范，教学成绩非常突出，古人云"教学相长"，在他的执教下考入中央美院、天津美院、中国美院的高才生，反过来对他艺术的进步肯定又有所助益，学生感激老师，老师同样感激学生，教学更让王庆彬先生感受到了画画之外的快乐！

山山黄叶飞，不是每个人都能领略到其中的大美！王庆彬先生欣赏这大自然的美，并用他的如椽大笔将美留住！

飞絮恼人

　　路经平阳河畔，恼人的柳絮，如雪花般乱舞，嫩柔的柳丝儿，如少女飘柔的秀发在风中摇曳，肆意挥放捂了一冬的柔情蜜意。树下有人或倚，或抱，或牵拉起长长的柳条，嬉闹玩耍，又跳又闹。人与树共相依存，柳树充满了人情味，难怪自古诗词里多写依依杨柳了。比拟老虎，杨柳是猫儿；比拟金银，杨柳是土沙，她没有松柏的长青，没有竹梅的清雅，没有牡丹的富贵，甚至她如野草一样常见。可是低贱的命运却给她顽强的生命，给点阳光她就灿烂，给点雨露她就滋润，没有娇小姐的刁钻刻薄，却有娇小姐的婀娜与婉柔。

　　飞絮恼人，恼她无端扑面，空自撩人；恼她钻入鼻孔，瘙痒难挨；恼她迷人双眼，不辨东西。有人用手在面前挥赶着，用嘴巴吹着，一团絮，吹成一片雾。调皮的孩子还把墙角本已聚成一团的飞絮圆球，一脚踢开，踢成朵朵云烟，随风飘荡，如羽化升仙。人来人往，熙熙攘攘，人动、车动、风动，搅和得飞絮无主，难以自控，柳絮亦无奈，本不想游荡，也想找一片湿地着陆，孕育梦想，可是却难以自持。她知道风雨对她伤害最大，但是带给她的机遇也最大，她害怕风雨，却又渴望风雨，那就让暴风雨来得更猛烈一些吧！

　　河畔路西，一溜店铺，有快餐店、有烧烤店、有水饺馆、有古玩店、有根雕店、有洗头房、有歌舞厅，这些店家，日日面对垂柳，吹柳风，看柳摆，着柳絮，不知作何感想。还有一个杀鸡的地摊，一溜鸡笼排着，里面的鸡挤得站不住脚，红玉颜色鲜，芦花有点土，一个火炉烧热水，一个破筐装鸡毛，放血的地儿，一个破盆，盆边上一把剪刀，刀刃铮亮，刀把油黑。残血淋在地上结成黑斑。附近满是鸡毛，飞絮也来光顾。杀鸡的老板一双破皮鞋，一身破西装，他弯腰从鸡笼里拎鸡，鸡一扑腾，柳絮突起，弄了杀鸡人一脸，他一边骂着柳絮，一边和顾客讨价还价，一边把鸡挂在秤钩上。还有一个铁匠铺，火炉上火苗老高，铁匠还是嫌火不旺，使劲拉着风箱，大火钳子夹着一块铁，连铁钳也烧得通红，然后在铁砧一锤一锤，叮叮当当敲打起来，一会儿一个铁锨成型。飞絮也来光顾，被火苗吞噬，嘶嘶地响。柳絮轻盈、洁白，可难逃腌臜之地。还未睁睡眼，已经化为灰烬。

迷迷茫茫，朦朦胧胧，路人如在漫天飞雪中行走，而衣裳却是百般模样，一些老人和孩子还穿着冬装，一些小伙和姑娘已穿起夏装。尤其一些时尚少女，有的长裙舞动，柳絮儿随裙子飘扬，有的黑丝袜外罩牛仔短裤，柳絮粘在秀腿上。都在匆匆行路，没有人停下来欣赏。或许一年一度飞絮，也不值得欣赏。

突然想起林黛玉的《柳絮词》，"粉堕百花洲，香残燕子楼。一团团，逐对成球。漂泊亦如人命薄，空缱绻，说风流。草木也知愁，韶华竟白头！叹今生，谁舍谁收？嫁与东风春不管，凭尔去，忍淹留。"一时心境，一时情景，念着黛玉的词，看着眼前飞絮，一时竟也不知道身在何处，不辨冷暖，只是在白茫茫的飞絮中发呆，辨不清方向。

青草香

　　站在电脑桌前长长地伸个懒腰，闻到一股青草的味道。探头窗外，原来安叔正在拿着大剪，修理草坪，连没到脚脖子的三叶草，也被齐腰剪断，剪断的青草，堆成一堆。青草的香味在小院弥漫，由淡到浓，忍不住闭上眼，拔高了身子，深深地吸一口，慢慢地呼出，品味这青青鲜鲜美美的味道，好比置身于雨后的小溪旁，说不上来的青草香实在沁人心脾。

　　工作以来，让繁杂的事务累弯了腰，每天除了与笔墨纸张、高辐射的电脑打交道，坐得屁股发麻，就是拿捏着一份小心，保持着一种笑脸，接待形形色色的人。好久都没有闻到这青草香。甚至没有注意法桐的叶子是在哪一天张开了，爬墙虎子怎么一下子绿遍了整面墙，连点缝隙也无，摇曳的翠竹叶子何时开始泛青。甚至怀疑自己味蕾已经被大鱼大肉、酒精咖啡、饮料浓茶破坏了，刺鼻的汽车尾气都不能引起肺部胃部的不适，哪里还能闻到花香？这般呆呆出神，安叔何时走开都没有发觉。青草香扑面而来，像那首动听的歌谣"青青河边草"在耳畔响起，越发清晰。这种反常的嗅觉吓了自己一跳，被鼻子的敏感惊了一下。走出门去，蹲在草坪，使劲地嗅着，抓起一把剪掉的三叶草，贴在鼻子上、嘴巴上，闻着，吻着。

我熟悉这种青草的味道，从小就熟悉这种味道。

　　小时候，老家漫山遍野连溪水里都是青青碧草。邻居王大爷赶着几只山羊，今儿从西吃到东，明儿从东吃到西。我们家穷，大姐就割草挣工分，我有时候跟着逮蚂蚱，提一根狗尾巴草，穿住蚂蚱的脖颈，逮一大串。个头大的烧一烧吃，很香，那是青草的味道。大姐若发现薄荷、荠菜、苦菜、婆婆丁等野菜，就连根拔起，单独放在一边，回家做小豆腐菜吃。尤其是七七菜，又叫刺儿菜，叶子上有锯齿般的小刺，拔它时扎手，可是做糊糊时放上一些，就比较粘滑入味，当然也是青草味。要是割草真扎破了手，那也不怕，直接把七七菜砸黏糊，摁在出血的手指上，一会儿就好了。如果遇到一大串野葡萄、苦姑娘，或者屎瓜子，又叫马包儿的小瓜，那就欢喜一阵子，果子酸酸甜甜，可以填肚子，藤蔓长长软软可以做长鞭，一场游戏下来，弄得满手的草汁，好几天除不掉青草味儿。大姐会把"屎瓜子"一个个摘下，回家放在咸菜缸里，过不了几天就可以食用，比萝卜咸菜好吃，咸中带苦，是一种绵长的青草香味儿。打小在田野里摸爬滚打，说是面朝黄土背朝天，其实是满眼青绿，五色斑斓。从开春到入冬，野外的花草、树木、庄稼、蔬菜、瓜果，等等，有多么绿就有多么香，香透三季。

　　青草香已经融入我的血液，草根是我生命的烙印。

《红楼梦》第三十七回，秋爽斋咏海棠之后，薛宝钗与史湘云又夜拟咏菊花系列题目，很有情趣，不落俗套。

宝钗道："起首是《忆菊》，忆之不得，故访，第二是《访菊》，访之既得，便种，第三是《种菊》，种既盛开，故相对而赏，第四是《对菊》，相对而兴有余，故折来供瓶为玩，第五是《供菊》，既供而不吟，亦觉菊无彩色，第六便是《咏菊》，既入词章，不可不供笔墨，第七便是《画菊》，既为菊如是碌碌，究竟不知菊有何妙处，不禁有所问，第八便是《问菊》，菊如解语，使人狂喜不禁，第九便是《簪菊》，如此人事虽尽，犹有菊之可咏者，《菊影》《菊梦》二首续在第十第十一，末卷便以《残菊》总收前题之盛。这便是三秋的妙景妙事都有了。"接下来，《红楼梦》里这一场菊花吟诗给读者留下了深刻的印象，林黛玉《问菊》夺魁，一举奠定了她在海棠诗社中的地位，也令无数情种伤心问花又自问："孤标傲世偕谁隐，一样花开为底迟？"

在读《红楼梦》之后很久，菊花诗始终萦绕在心。如我当时亦在，会选《访菊》《种菊》还是《菊梦》？不得而知。

对照菊花诗的题目，我总是想起画家徐枯石先生的题画词来，枯石先生早年求学于北平北华专科学校国画系，受教于李苦禅、王雪涛、颜伯龙、王青芳、张步野、侯子步等先生。徐枯石经历坎坷、命运多舛，但是一生笔耕不辍，尤其晚年焕发青春，他题一幅菊花八哥图道："执云秋光，不如春光；鸟语啾啾，菊花芬芳；处此盛世，勿负时光；挥笔作画，老当益壮。"这正是他的真实写照。

枯石先生多画喜鹊登梅、雁来红、松鹤同春、藤萝雏鸡、秋菊重阳，雄鹰高瞻等，备受世人喜爱。枯石先生晚年得以平反，犹如枯木逢春，题画多含"春"字，即便秋景，也多以"春"题词。近读毛斌、李庆训两位先生主编的《徐枯石花鸟画集》感慨颇多，对他的题画词有了更多的感悟和理解，其实，徐枯石的题画词语，同样也在他同时代画家的作品中出现。今罗列徐枯石先生关于"春"的题画词如下：

题《报春》，作品多画红梅、白梅，喜鹊嬉闹，远山近水，飞雪漫天，题"报春"也十分贴切。

题《迎春》，作品多画迎春花，黄色，醒目。多画红杏枝头，红白桃花。

题《盛春》，春光明媚，繁花似锦，多题于桃花、柳树等作品。

题《艳春》，作品多画海棠、李子花、夹竹桃，浓妆艳抹，大俗大雅。

题《颂春》，多见题松鹤图，松鹤延年，一青一白，或纯水墨色，并不能分辨四时季节，然题上"颂春"，仿佛看到松色一新，仿佛听到仙鹤长鸣。画紫藤曾题，满纸紫花，簇簇串串，不由想起泰山脚下岱庙后院里那棵百年紫藤，以此颂春，才不算埋没颜色。

题《歌春》，多见画燕子、芍药、玉兰、辛夷时题，辛夷是木兰花，又称望春花，紫苞红焰，满树花开，恰如开怀歌唱，双燕唧唧，更是唱绿阳春。

题《送春》，多见牡丹图，富丽堂皇，唯牡丹才足以送走春天。

题《胜春》，多见菊花图，万头菊，双勾填色，黄、红、白、墨，亦是五彩斑斓，人淡如菊，秋高气爽，一丛菊黄便尽然秋色，不是春光，胜似春光。

题《忆春》，多见荷花图，泼墨荷叶，一朵红荷才小露尖尖做着美梦。

题《思春》，风雪腊月，一朵朵梅花，冰中露眼，她与春天就差那几步，可是从不知道春天的滋味，以题思春，颇有新意。

关于"春"之题画，应该还有，可惜不能全览枯石先生画作，难免遗漏。不过，仅上述春之"十题"，已经是春满乾坤，春色宜人了。

伤春

　　春天的色彩是斑斓的，是鲜艳的，是争奇斗艳的，各色的花草都怕错过了春天。玉兰、桃花、樱花、梨花、樱桃花、杜鹃花、丁香花……像商量好了一样，春风一过，一树一树都在几天的时间里悄然怒放，引得蜂飞蝶舞。少男少女们争相站在花前留影，记取美好的花事。尤其是少女，就像瑟缩了一冬的花草终于可以舒展枝枝杈杈了一样，穿上了漂亮的裙子，扭动着腰身，露出捂了一冬的白皙皮肤，与花比美。看到体形硕大的半老徐娘她会感慨容颜易逝；看到搽脂抹粉的妖冶女子，就不屑一顾，说声"妖精，臭美"；看到比自己小，更有优势的妙龄女郎则暗自羞愧，暗咬香唇，恨恨地感叹："既生瑜，何生亮"。殊不知，在感叹中，春光已逝，红颜又老。沉鱼、落雁、闭月、羞花，各有姿色，一喊"美女"大都回头，哪一位姑娘没有点美的自信呢？可是都会伤春怨春，只言片语说尽春天的心事：

　　"你真漂亮！"

　　"比这花还美。"

　　"年轻呀，穿什么都美丽。"

　　"这条裙子，去年买了没穿呢，你看小了。"

　　"该减肥了！"

"你身材真苗条，像婀娜的杨柳，像亭亭玉立的莲花。"

"你的脸蛋嫩得流水哦。"

"人面桃花相映红。"

"花样年华。"

"我老了，有皱纹了。"

"不管多美的女人生了孩子就走样。"

"我可不学你，结婚那么早。"

"结婚了更容易变老。"

"结婚了没啥心思打扮。"

"皮肤一年比一年松懈。"

"真怀念十六岁，那可是花一样的年龄。"

"云想衣裳花想容，春风拂槛露华浓。"

"你看这花败了。"

"落花人独立，微雨燕双飞。"

"凋谢像老去的女人。"

"谁人能敌风霜的侵蚀。"

"可明年还开呢，还这么美。"

"人面不知何处去，桃花依旧笑春风。"

"容颜却一年比一年老去，不再美丽。"

"落花流水春去也，天上人间。"

"试看春残花渐落，便是红颜老死时。"

"'林花谢了春红，太匆匆'、'红了樱桃，绿了芭蕉'。"

"'无可奈何花落去'、'花自飘零水自流'。"

"泪眼问花花不语，乱红飞过秋千去。"

……

公园河畔，凡是繁花锦簇的地方就有赏花人，就有伤春语，不忍听了。

而前日所看海箫圻博客里的图片，更让我心动不已，感慨万千。图面是动态的，一枝横斜于水面的红花，有几朵怒放，有几朵含苞，还有几朵飘零，花瓣砸出的波纹，一圈圈像荡漾的春心。含苞者紧抱枝头，或许还嫉妒怒放者，讥笑飘零者；怒放者，肆意开张，露出娇嫩的蕊，期待着甘露；失落者，荡荡悠悠，跳一曲醉心的舞，最终摔落水中，无奈流去。三者都倒映于水，如赏花者站在花前自比于花，各种心境，不期而遇。按捺不住，遂胡诌小诗："疏影横斜花照影，春波荡漾不关风，含苞骄睨落红去，花谢水流终是空。"

第四辑

花

外

　　说到去青岛，我就想青岛为什么叫青岛，她的颜色是青的吗？查资料有这么一句，说她"山岩耸秀，林木荟郁"，但是我觉得这一句话远不如"海岱惟青州"，也不如"齐鲁青未了"一句，看来不只青岛是青的，整个山东都是青的呢。

　　把青岛、黄岛放到一块，我想起小时候青黄不接的岁月，黄岛为什么叫黄岛，她的颜色是黄的吗？且不提黄岛。而今海底隧道贯通，青黄相接必将带来两地的经济腾飞，青岛的颜色在淘金者看来，她是金色的了。

　　走出家门口，我就一路观察沿途的颜色。远山如黛，公路如线，两旁绿树翠屏，汽车飞驰，欢声在耳，十分惬意。裸露了一冬的鸟巢，如今在新绿的树冠中若隐若现；偶然山岭斜坡一片桃林未全褪色，或红或粉，成为点缀；只是天公不作美，层层叠叠的灰色瓦荏云，掩住了蓝蓝的天。一路的五颜六色，模糊了我对青岛颜色的认知，青岛之"青"到底是一种什么样的定义呢？

　　人都说青岛红瓦绿树、碧海蓝天，美不胜收，康有为、闻一多、沈从文、老舍、洪深、梁实秋、王统照、舒群、冯沅君与陆侃如等文化名人都在青岛留有故居，成为青岛的独特一景，闻一多故居坐落在海洋大学院内，嫩绿的爬墙虎子为红色小楼穿上了新衣。康有为不仅留有故居，而今他的墓地也翠柏长青，多有人吊唁。这些地方在青葱的树木之间，见证了青岛人文发展历史，临海听涛，别有风味。文人雅士热爱青岛，赞美青岛，笔下的青岛令人向往，他们传播着青岛的颜色，也给青岛的海滨增加了一抹高雅的文人色彩。并且他们的故事，如"酒中八仙"、如闻一多的《奇迹》诗为谁所写，陈梦家、方令孺、俞珊等说不尽的才子佳人，扯不清的流言蜚语，也给青岛增加了旖旎之色。

而今日天气低沉，在栈桥远眺，只见海近天低，不远处凝成灰蒙蒙一片，看不到海上的帆。天高海作镜，天不蓝则海不碧，若不是一群白色的海鸥在近岸的地方飞舞嬉戏，冲破这色彩的低沉，想必情绪将更烦闷，内心必也纠结。

是谁多事造栈桥，无限心事空远眺。整个海边，尤其是栈桥之上，人头攒动，熙熙攘攘，美女如云，说不清是为青岛增色，还是与青岛争色，尤其是一些不怕冷的游客，撩起长裙，露出捂了一冬的玉腿，在这多情的春天里，海边戏水，引人驻足侧目，很多人还举起了相机，不看大海而看美女。

在栈桥之上，也有一个不合时宜的景象，一位衣衫褴褛的老人，倚着铁索，拉着二胡，颤颤巍巍，海水击打栈桥，激起海浪，打湿了那人的裤脚，而二胡的凄厉之声竟压住了大海涛声，拨动了游子之心，"青岛虽云乐，不如早还家"。栈桥尽头是舒同题写的"回澜阁"，初看还以为是"回润阁"，澜与润字形相似，意义有别，澜指海浪，海浪袭身，这位老人一身湿冷，哪里能感到"温润"呢。我把身上的零钱放进他一个破旧的搪瓷缸里，他含笑感谢，继续拉着二胡，他拉的不是"二泉映月"。"面朝大海，春暖花开"，海子把赴死写得艳绝，他一定是忍受不住活着的艰辛，死很简单，生却不易。看着老人，听着二胡，对此我有了另一层的认识，面朝大海，心胸开阔起来。

红顶子的新旧建筑的确是青岛一道亮丽的风景，尤其是那些半球形的顶子，像极了祭红釉将军罐的盖子，它不时从绿树红花缝隙间透出来，从不远的山头闪出来，高高矗立，面朝大海，特别吸引游客的目光。转弯处，鲁迅公园内的海边礁石，竟也是红色，许多恋人偎依在礁石上，说着悄悄话，分明能听到这样的誓言，"海枯石烂我心不变"。路边还有一树樱花，树下长椅上一对老人，落英缤纷，洒在老人的身上，发髻上，她忘了拂去。当然有着"万国建筑博览会"之称的八大关造型别致，风格各异，更是景色秀丽，风光迷人，也最能体现青岛"红瓦绿树、碧海蓝天"这一特点。青岛是红色的，是蓝色的，是绿色的，"青出于蓝而胜于蓝"，青岛是亮丽的。作家梦之仪在《探访青岛的文学地图》一文中有这样一句话"更美的是那些掩在绿树丛中的红房子，我喜欢热情奔放的红色，我从来没有见过有这样漂亮的城市，有这么多的红房子时不时地惊醒着人们的眼球。尤其是站在八大关处看汇泉海湾，绿树和红房子此起彼伏地交替着点缀着海岸，美得无与伦比，令人久久不能移动视线。"她用细腻的笔触写出了一个南方人对青岛的真情流露。

海边的颜色是迷人的，而远离海滨的李沧区等处，许多待建工程撕开土地，张起绿网，架起高塔，噪音伴着拥塞，与许多城市一样，只觉得压抑，说不清色彩。高楼林立阻挡着人的目光、玻璃幕墙反射着晃眼的霓光，人车如虫蚁穿行其中，纷纷扰扰，在这里青岛的颜色却是乏然的。

进饭店，吃海鲜，店家说这个时节是吃鲅鱼的好时节，青岛的颜色是鲜美的。再喝一瓶啤酒，晕晕乎乎，青岛的颜色是迷离的。

听一个渔家女聊，她住崂山区，十几岁贩鱼为生，那时她体重九十斤，却骑摩托车驮着二百斤的鱼到市场去卖，后来卖崂山玉石，崂山绿茶，婚姻不幸，没有将其摧垮，其间辛酸，令人不胜唏嘘。她很美，很坚定，经历很多事情，像近代多难的青岛。遗憾的是她不再相信爱情，她说："情"应该是赤诚的心，红色的心，而这个字却是"青"色的心，青涩是苦的，她分明忘了青鸟之殷勤，青绿之生机。我默默祝福她，百炼成钢化为绕指柔，只要心还在，梦就在，相信她一定能找到爱情，那将是最耀眼的色彩。

与青岛日报社薛原先生相熟，这次我没有去打扰他，在这里说薛原，并不是想说他名字谐音"雪原"，是要为青岛找颜色，而是羡慕他的藏书，钦佩他的学识。薛原先生不仅藏书，还写书，编书，他这一爱书的情结为青岛增色多多，许多外地人也是慕薛原之名来到青岛，喜欢上青岛。

我一路行来，赏心悦目，说起颜色，还是有点迷茫，总觉得青岛不青，谁能告诉我，青岛到底是什么颜色的，为什么叫"青岛"呢？

义净寺

　　早想到寺中小住一日，一是体验僧侣生活，再者好好想想自己的心事。可是一直没有机缘。阿滢兄书成《义净传》，机缘巧合，陪他到通明山义净寺小住。义净和尚是唐代高僧，与玄奘法师齐名，出生在这座寺庙附近的一个山村。这座寺庙原叫"双泉庵"，明代萧大亨撰写的碑文尚在，如今泉水仍甘甜清冽，今改"义净寺"，显而易见是为了纪念义净和尚。寺中佛塔殿堂坐落有致，随高就低，与南京鸡鸣寺相仿。只是寺庙山门突兀，窃以为若庙门前置设在停车场处更佳。住持常净法师宝象威严，话语无多，但句句刺中时弊，居士行朗师傅，善良聪慧，赠我们数本佛经，还谦虚向阿滢请教一些编辑问题。新奇紧张之中，我们住了下来，没有参禅拜佛，一颗躁动的心却也静了下来，只是不知道这次寺中小住会给我们种下怎样一颗种子？

　　想起前段时间，有位居士说义净寺要举行梨花节朝佛盛会，取一题目，用做宣传。当时与阿滢合拟"义净通明天下白——梨花节朝佛盛会"，觉得切题而又颇具涵义，自以为得，可当问及此事，才知道未能举行，而这位居士在灵隐寺参拜，也未能一见，不觉遗憾。通明山顶仍在修建佛殿，义净的佛像在巍峨群山间自成一峰，游走在通明山怀抱，群峰环绕，满目青翠，空气清新，真想终老山间。

中午，板声响起，我们与大和尚一起吃斋饭，大米饭清香，几个素菜无油，鱼肉更是不见踪影，大家默默进餐，不说一话。或许一切都觉得新奇的缘故，虽说不咸不淡不酸不苦不香不辣，可我吃得很开心。下午在廊前徘徊，看许多虔诚的香客，跪拜烧香，面容温柔肃静而满足，似是心愿已偿。而我的肚子却咕咕叫起来，想起人说"豆腐是我的命，见了肉就不要命"的话，饿意更浓，而饿得要命的感觉不知道从何时起早已忘记，今日腹中大唱空城计，倒也觉得耳聪目明，十分难得。好不容易挨到晚饭时候，斋饭吃得比中午香极了，"晚饭当肉"，普通的饭食自也是山珍海味了。见好多僧侣不来吃饭，遂与阿滢兄说起"药食""过午不食""辟谷"等等话题，又说到弘一法师辟谷的事情。

虽说日薄西山，但是天光仍亮，游人渐去，寺里慢慢安静下来。坐在核桃树下，静品香茗，无思无虑，身心都溶于这巍巍青山，袅袅檀香里，溶于木鱼佛号声中，溶于这淡淡的烟雾内，山、寺、佛、树、僧、我，慢慢模模糊糊化为一体了，混混沌沌虚虚晃晃起来，半迷半醒间，一时觉得寂静无声，静到极致，有点害怕；一时听得山雀啾啾，心随意动，才感觉自己还有呼吸。阿滢兄惬意，说："我们来，真正寻觅的恰是这一刻寂静啊！"我一时神会，觉得该来，早该来，还应该再来，或者再寻觅一处更幽静清雅高古朴素的所宅，长住下来。这么想着，心中却默念着《醉翁亭记》里的话"已而夕阳在山，人影散乱，太守归而宾客从也。树林阴翳，鸣声上下，游人去而禽鸟乐也。"我与阿滢兄前来寺庙而不参禅拜佛，岂不也是"醉翁之意不在酒，在乎山水之间也。"

寺内墙角，一棵核桃树已逾百年，数人合抱那么粗，树冠盈盈如盖，遮挡着寺院一角，树梢都抚摸到佛堂飞檐，树干中空，虚怀若谷，可以藏人，虽说暮春时节，可是山中春晚，嫩叶初绽，新绿雅人，不觉得它苍老，倒觉得它像一位谦谦君子，游人偎依在侧与它合影，拥抱它，把手伸进空洞，寻觅它的心，我在想若树能言，如此抚弄，它必定不堪其扰，会说："卿本佳人，我却无心。"

男寮房在二楼，小楼靠山而建，楼西侧建一排鸽笼，鸽子"咕咕，咕咕咕"不停地念叨，亦如念佛。房间内多"臭大姐"，它的学名到有点佛性，叫麻皮椿象，地上、床上、窗上、门上、嗡嗡乱飞，一碰它，就会沾染它一身臭气，刚把它从灯罩上赶跑，它躲在一隅，没半分钟又嗡嗡飞起，烦也烦死了。这臭名昭著的"臭大姐"，我们一晚上吃尽了它的苦头，耐心不抵杀心，持一本佛经，打飞"臭大姐"，好半天才清静下来。默念"罪过罪过"，看看吃斋念佛的僧侣，自己都觉得自己是邪魔外道。想起电视剧《笑傲江湖》中的一幕来，任盈盈背着令狐冲到少林寺求医，恳请方丈传授《易筋经》，方丈把任盈盈软禁，并为她诵经驱魔。可有一只苍蝇，嗡嗡乱飞，任盈盈打出一根银针，将苍蝇定在墙壁上。

口中默诵"色即是空，空即是色"，像在家失眠时数绵羊的样子，"一只羊，两只羊，三只羊"，刚迷迷糊糊有了一点睡意，阿滢兄呼噜声起，震得天花板嗡嗡作响，一声高过一声，一声更比一声强劲，呼噜声里含着一股力量，一种抗争，颇具禅意，那种穿透力，我想隔壁东平僧听得见，再隔壁的江西僧听得见，一楼的女寮房想必也听得见。"晨钟暮鼓狮子吼"，这是不是传说中的"狮子吼"，我实在受不了了，站到阳台，冷风一浸，我抱起双臂，整个寺庙，有两处还亮着灯，远处则黑魆魆吓人，山峰的轮廓与青天相接，如一条柔和的线，那轮廓有的如玉乳，有的如卧佛，若不是天冷又害瞌，我一定会站下去。顾不得那么多了，返身重新躺下之前，我把他拍醒，让他收起呼噜，为我守夜，阿滢兄果真听话，呼噜声停，做起我的护法，我又默念"色即是空，空即是色"，恍惚中，呼噜又起，我把头钻进被，还响，我用手捂住耳，还响，我不由再伸手，再碰醒他。黎明，还未听得鸟鸣，已经听得唱佛了，僧侣在早课，阿滢兄抱怨说，他为了不打呼噜，拥被打坐半天，看我已经睡熟，他才卧下，他刚迷糊着睡着，却又被我捅醒，一夜都未睡好。

　　本来，到寺中小憩，躲一刹那红尘，取经学道，清心寡欲，了解一些佛的问题，思考一下自己的事情，却不承想自己却是六根不净，胡思乱想，还恼怨寺中也不清净。想起先父登泰山极顶曾感慨"登至玉皇顶，也是在人间。"又想起《红楼梦》中妙玉那番槛外人之论，觉得这义净寺虽然幽雅，对我们来说不过是一个旅游景点而已，我们终究还要回到现实——工作、养家。可再想到最终不过一个"土馒头"，顿时又万念俱灰，人呀就是这么矛盾。

　　人生一遭，走了就永远都不会回来，还有什么是可以带走的呢？没什么可以带走，那一定要想清楚留下什么！

花峪漫游

　　曾经在大型商场买过花峪牌的苹果、山楂、栗子等水果，却从来没去过花峪这个地方。

　　今天召开《新泰文史》编辑座谈会后，相约到花峪村采风。座谈会围绕办刊方向、方式、方法等一些问题热烈讨论，偶尔谈及羊祜、师旷、柳下惠等远古的历史人物，以及筹办法院专刊涉及的历史典型案例等些许沉重的话题，让自己觉得知识面狭隘，甚至听来有些茫然。当听罢永生兄等人发言后，更是自惭形秽，暗叹"听君一席话，胜读十年书"。大家不仅文史知识渊博，对新泰历史人物、事件信口道来，如数家珍。轮到自己发言时，我笨嘴拙舌，不知所云，真让我面红耳赤，好不容易熬到阿滢兄宣布向花峪进发，我这才身心解放，稍轻松一些。

　　花峪地处泰安、莱芜、沂源三地交界处，是一个小山村。一条山溪淙淙而下，村民沿溪畔依山建房，有几百户人家，多前后相连，鸡犬相闻，左右邻居，隔溪相呼，悠然自得。山脚处处是果树，山腰山顶则以松柏为主。顺溪流而上，直通大山深处，此处有一处破房遗址，传说是郭姓老宅，郭姓是该村大户，当年，兵荒马乱，山中多狼，为使狼不致害人，郭姓先祖，每天必在门前备"狼食"一锅，"喂狼"成为当地佳话。有此善心，郭姓在该村开枝散叶，繁衍最盛。当年孟良崮一役，陈毅老总曾避居此处指挥战斗，想他必定饮过花峪之水。这条小溪水流浅细，蜿蜒盘桓。水高处，漫落成瀑；水深处，潭不见底；水洼处，水草油绿；水断处，青苔滋生。只是村民不注意打理小溪，杂草，乱石，枯柴，甚至还有垃圾四处可见，偶然几只水鸭，也不白不灰，真是美中不足啊。问村里人，都说小溪无名，有人提议叫"花溪"。此议一出，众人随声附和，说若春天来游，各种果树竞相开花，花团锦簇，漫山香遍，落花流水，当真是"花溪"。村人说，此处四面环山，仅溪口通外，驱车沿溪畔山路进山，必须原路返回方能出山，若不是花峪很少种桃花，当真堪比陶渊明笔下的桃花源。好在村里带头人深有远见，带领村民，发扬愚公移山精神，贯通至莱芜山道，此路一通，让附近三五个乡镇的群众到莱芜去，将少走三十公里的冤枉路。更可喜者，让全国各地来此订货的水果商大大便利。原来，花峪盛产苹果而不种桃子，翻山毗邻的莱芜少种苹果却盛产桃子。水果商苹果、桃子搭配进货才更有利可图。此路若不通，来此的水果商只能进半车苹果，出得花峪后再到好远的地方进桃子。如今买了苹果，一路前行，几步便可再配上桃子。这一商机，让数不清的人受益。

踩着溪中乱石，顺山谷前行，草木幽香，满眼绿意。城里喧嚣，已经听不到蝉鸣，这里却是蝉鸣正盛。远处山头，还不时传来斑鸠啼声，"咕咕，咕——"实在不太动听。盘桓大树下，坐在巨石旁，山峰交错，四面环和，不忍离去。

村里人朴实，路边一位大娘递过来两个苹果，我接过一个，老人硬把另一个也塞进我手，嘴里念叨"好事成双"。这苹果一点也不光滑，少了城市商场那些苹果的珠光宝气，甚至果皮还有些涩，但是入口香甜，让人连果仁儿都舍不得丢弃。

远处石罅间两棵巨树，不知生于何年何月，不花不果，发芽时候发芽，落叶时候落叶，村里人告诉我们，连树木专家也叫不上它们的名字。两棵树高居山岗，阅尽尘世沧桑，虽然毫无用处，却不碍路，一直就这么生长，或许因为都不知道它的名字，却又都想了解它是什么树，因此更为人传颂，凡是来此的人都想去看看，也就增加了它的知名度。而我，原也土生土长，草民贱命，却枉慕荣华富贵，蝇营狗苟，费尽心力，考学走出家门，失农村户口而落户城里，质朴消散，油滑加身，脚下再无一寸土地属于自己，身边再无一棵草木属于自己，耕读继世成为虚言，更不要说这与世无争的隐士生活。当初所求、所为何事呀？真不如这无名之树，吐纳山野之气，远离尘嚣之乱，念此心伤不已。好在穷人易认命，阿Q精神让自己心胸豁达，也少了自怨自艾，若真能碌碌无为，平安度日，亦是绝好人生了。

将出花峪，还有人问可去看过那两棵树？也有人答：才不关心那两棵树，还是去买一些纯正的花峪蜂蜜吧！

冬日莲花山

　　晨曦里莲花山很静，冬日清晨，更是静谧。我不记得这是第几次那么早来莲花山，只是觉得每一次都不尽相同，登山的人不同，讨论的话题不同，选择的路线不同，相同的是这"偷来浮生半日闲"的快乐心情，还有高声呼喊，微微出汗，遍体清爽的感觉。今天山鸟的欢鸣，就给我们留下了不一样的感受。

　　从进山门起，一路攀登，鸟儿也由山脚起，跟着我们从低往高，一路叫起，有的声音婉转悦耳，旋律优美，有的声音嘶哑，有的高亢，此起彼伏，鸣声不断，更显山之幽静。王维诗云"月出惊山鸟，时鸣春涧中"，如今是寒冬，或许鸟儿也想在暖巢里睡个懒觉，当然大部分鸟儿只是栖息在寒枝，是我们这一行人，连喊加闹，吵醒了它们，肯定是扰了鸟的春梦。眼尖的，会指着远树，惊呼："看呢，看呢！那一树的鸟。"本还以为是未落的树叶，细看的确是一树的山雀。那是一棵粗大高耸的毛白杨，树叶尽落，裸露着努力向上的枝条，很是俊朗，耸立在观音阁东侧的路边，树梢齐着观音阁第二层的飞檐，松柏才只达到它的胸畔，我们说着唯有它有希望高过那三层的观音阁，却有人说，不，它长到一定高度，树头就会分岔了，不会再直立上长，会变得更粗而不会更高，要是水杉就好了，树尖直刺长空。这让我想起在南京大学的校园连椅上小憩的情景，身旁许多的水杉，我背靠连椅，昂头上望，水杉像是指向蓝天的路标。不过这棵毛白杨，白滑的树身上，一个个的树疤，绝似一只只眼睛，每次都是这棵树看着我们来往。在树顶的枝杈间，竟有三个鸟巢，或许这是鸟一家子的领地。有人说绝不会都有鸟住，只是无法确定到底哪个是空巢。

右向走，是登山的东路，一条曲折蜿蜒的山中小道，道两旁的针叶松，伸展着枝杈，相互搭着臂膀，像是给小道遮一道凉棚，石阶之上干黄的松针密铺，还有一些干枯的栗子树叶、核桃树叶、柏树叶等，散落着，交叠着，走在上面软软的，可见冬日的莲花山，东路少有人走，有些树枝长长地伸展着，妨碍行人，还有几处，枯草横生，拦在路上，有几处嶙峋怪石，歪倒在山上。站在这山看那山，高耸雄伟，我对画家表哥庆彬说："眼前这棵树叶枯黄的枫树，你可用写意虚写，远远那座山，山石毕露，肌肤可见，你可用工笔写实，再远处的山、湖、楼台、亭阁可写意淡化，将很美"画家表哥与作家瓷哥谈论着国画与油画的区别，对我的说辞，听而不言，或许他觉得我的话，不符合画理，但我想必然是符合摄影的道理的。齐白石的半工半写之草虫，草虫画的惟妙惟肖，像画蝉，蝉翼的纹路毕现，这未必不是对草虫的一种聚焦，草虫之外的花果均虚化之，写意出，真是妙不可言。偶尔遇到一块石碑，碑上隐约有"乾隆四十八年"字样，还有一块巨石上刻着云门二字，二字为繁体楷书，偏长，无落款，被风雨消磨得浅浅的笔画没有了任何棱角，然而仍十分俊逸洒脱，只是不知道是何年何人所书。

这条古道直通深山里的云谷寺，那座破败的古刹，据说已经修葺一新。不知有没有一口大钟、一架大鼓，也不知道晨钟暮鼓能否在空谷回响，让我们进山听得钟声，离山听得鼓声。冬日里，莲花山除了松树柏树外，紧贴着山路的没有一丝的绿色，走在这沧桑的古道，似乎我们这几个人也融入了山林的萧索，像是"只在此山中"的隐士，清心寡欲，不问世事，再没有烦心的公务、家务、等等俗务，与树同朽，随山老去。然而欢快的鸟声，一下子惊醒了我们，告诉我们处处都还蕴藏着生机。

萧条感只一瞬就被冬日特有的山景所淹没，大家兴致颇高，对着前面的山头高呼着，倾听着回音，回音很小，却又惊起不远处的一些鸟，叽叽喳喳乱叫。

羊蹄山

　　霜降那晚，与胡永生兄品茶，闲聊他的电影剧本《最后一次审判》，闲聊他参与拍片时的一些花絮。不知怎么就说起爬山，并很愉快地决定次日去爬他老家的凤凰山。胡兄的老家东都镇，山势绵延，矿产丰富，人才辈出，公安部原部长王芳同志的故居就在这凤凰山下。

　　七八年前，我曾爬过凤凰山，站在酒台村古老的"祭台"上，远看凤凰山，像极了一只展翅飞翔的燕子。当时，我还在山上捡到一块远古的"石斧"，花岗岩质，而这一片山都是石灰石，从那我就认定了在这古老的山上，大汶口时期的先民，一定曾在这儿打猎！泰山石磨制成的石斧，他们丢在了这山上，一丢就是上万年，只可惜，我捡回来后随手放在花盆里，几次搬家，早已不见了这块"石斧"的踪迹。

　　清晨，天蒙蒙亮，胡兄来接我，他驱车七拐八转，一会儿就到了东都镇的酒台村，酒台村地处羊蹄山与凤凰山之间，羊蹄山在东，凤凰山在西，都是小山。而山下沟壑纵横，溪水澄澈，山上树木丛生，乱草倾覆，秋高气爽，山色倒也十分迷人。我们停下车，觉得羊蹄山离我们更近，披着霞光，更显秀美，且山头也矮，遂转念，先登羊蹄山。"乌蒙磅礴走泥丸"，更何况这不起眼的小山，预计着半个小时就可到达山顶，不到一个小时就能下山，误不了吃早餐。于是，我们俩先转到羊蹄山南麓，穿过村民开垦的贫瘠山地，哼着小曲，随意扒拉着杂草，还不时揪一颗酸枣含着，慢慢悠悠地往山顶攀登，心想人生至乐莫过于此，而能带给人快乐的未必都是名山大川，并且还后悔没喊上丫头、阿训、瓷哥等，呼朋引伴，浩浩荡荡地来爬。

山脚下一丛丛野菊花，还有其他不知名的山花，大有"众芳摇落独暄妍"之势，虽然小巧细碎，但是烂漫多姿，争相怒放，仿佛整个春天，夏天，秋天，它们一直都淹没在这杂草中太久太久，如今冬天已到，草木凋零，它们务必要一展芳容，卯足了劲盛开，要圆上春梦，拉开冬日死寂的序幕。放眼望去，枯黄的杂草中，的确也只有它们最为惹眼：没有春花的娇艳，没有"秋花惨淡秋草黄"的凄凉，深沉而苍劲，笑对枯草落叶。

在一块三角形小地里，种着山楂树，核桃树，果树间隙还种了一沟葱，几个南瓜在枯枝败叶中藏着，我折一根枯枝，敲打着杂草，希望能抓一只叫"蹬倒山"的大蚂蚱，据说这种蚂蚱可以藏在草丛里过冬。走上一个斜坡，只见一个庄稼人暂存地瓜、花生等农作物的小"石鏊子"在树林掩映下，露出真面目。"石鏊子"全部用石块垒起，顶子也是一块块石头叠搭而成，简陋粗犷，十分罕见。我怕危险，没敢钻进去细看，只是想在这荒野中，垒这样一个小小的"粮囤"，不怕人偷，足见民风淳朴。

越往上，山势越陡峭，越往上，开垦的土地越小越少。只见漫山遍野灌木丛生，荒草没人，荆棘拉扯着衣服，根本无路可走。几经寻觅，才找到两个山头中间一条沟壑，这应该是雨水汇集山洪暴发冲出的沟壑，仿佛是"羊蹄"中间的裂缝，我甚至怀疑这是"羊蹄山"得名的缘由。

越爬山越险，越爬越艰难，越爬越累，初爬时的兴奋劲儿慢慢消尽，初见小山的怠慢之心也慢慢被敬畏之心取代，不免感叹"土坷垃也能绊倒英雄汉"。疲惫和担心更是袭上心头。沟底碎石无数，大大小小，随时会从山头滚落。胡兄在前，我在后，我们拉开好长一段距离，使劲抓着灌木枝，手脚并用，几乎整个身子贴着山石，向上攀爬，还不时提醒："注意脚下，小心，石头滚下去了！"，没有灌木时，我就提心吊胆地抓住草根，一下理解了"救命稻草"的含义。快到山顶的时候，才遇柏树林，才长出了口气，"有树了，可扶可靠，倒了也摔不重了！"

然而，有树林，却依然无路，就在这半山腰，我们俩从东到西来来回回寻觅好几趟，怎么也找不到登顶的路，而想返回又心存余悸，实在觉得太过危险，不敢走来时路。我喘着气，靠在树上，使着劲休息，才发现手上被荆棘刮出血痕，身上扎满了"鬼葛针"，腿脚发抖，心跳加速，暗忖"名山大川去过不少地儿，难道要在这小山坡'走麦城'？"

胡兄也着急了，他掏出电话，问熟悉羊蹄山的朋友怎样才能登顶。经朋友指点，加上我俩细心地观察，决定从山头的"亚葫芦"腰口攀登上去。我紧咬牙关，屏住呼吸，像攀岩运动一样的到了山顶，来不及找块平整地儿，一屁股坐在石头上，明明觉得冰凉，可也顾不得，再不愿多走一步。当时只觉得晕头转向，像喝醉了酒，像晕车，想站站不起来，想吐吐不出来，想倒在草甸上睡一会儿，又怕吓着胡兄。蓝天旭日，霞光七彩，雾霭渐散，远山如画，北望青云山只是云雾中一抹重色，南瞰群山环绕中，有两三处大土丘，不像山，倒像是古墓的封土，暗叹这真是一个险要所在，适合打伏击，据说不远处的玉皇山当年曾有鬼子把守，有一年八月十五，游击队趁月色昏暗，拔了鬼子的据点。此情此景，应该指点江山，挥斥方遒，怎奈我无心欣赏，只是慢慢做着深呼吸，慢慢平复自我。心中念叨，这不是闻太师的"绝龙岭"，也不是庞士元的"落凤坡"……

我暗下决心，要锻炼身体，下周再来爬山，可是二十多年来伏案工作，颈椎腰椎早已不堪重负，看着胡兄滑倒后衣服上摔破的洞，内心不免又打退堂鼓。山脊东高西低倒也平缓，我们寻路下山，心中依然装着一个问题：这山为什么叫"羊蹄山"？

面灯

元宵节，千家万户灯火通明，大门口挂着灯笼，大门脚也点着小萝卜灯，每个房间也都是灯火通明，点面灯更是我们这里的习俗，灯火如豆，闪烁如花，一年一度，我总是乐在其中，也悲在其中。

儿时，妈妈总是在元宵节这一天做面灯，还在每一个面灯的沿上捏上角，从一到十二，角数不等，有时候还要捏两个一样的面灯，在面灯进锅前，妈妈总要数一遍，一月、二月……十二月，一样的是闰月。出锅后，第一件事，就是看看哪个面灯里有残留的蒸馏水。妈妈说："哪个灯里水多就是哪个月份雨多，很灵验的"。

临近傍晚，我们这些孩子就把缠着棉花的黄草剪成火柴棒一样长，当作灯芯插在面灯里，十分小心地滴上几滴豆油，再把灯芯的顶部粘上一小片火纸，然后点燃。十几个面灯点燃，火红的灯苗，很小，闪闪跳动，如枝头摇曳的小花，灵动，炫目。妈妈还把我们叫到跟前，围成一圈，然后端起一个点燃的面灯轻轻地放到我们的耳边，认认真真来来回回地照一照，我们并不知道这有什么含义，只是觉得好玩。当问妈妈为什么这么做，她说："都这么照呀，照照就不招虫子了"，再问妈妈，她也说不出个所以然来。照完以后，由妈妈分配着，我们就陆陆续续地把灯分放到大门口、各个房间、粮仓、井台。不一会儿，家里就亮起许多的小星星。再然后，我们提着妈妈从集市上买来的，或者亲自为我们制作的小橘灯、鹅蛋壳灯笼满街道地跑呀、跳呀。每当这时候，父亲的脸总是紧绷着、低沉着，偶尔有那么点笑容也像是从脸上挤出来的，我们都不敢招惹他，妈妈也让我们躲他远远的。

我们从村里玩到村外，远远地看到野外有好多地方也会闪烁着小星星，有的说是鬼火，会一跳一跳地追着人跑、泛着蓝莹莹的光，阴森可怕。胆小的伙伴一听就吓回家了，半天不敢出门。胆大的相互拉着手、喊着，自己给自己壮着胆，战战兢兢地找到"鬼火"。等到了第二天，他们会在小伙伴面前炫耀，昨天晚上，他们是如何如何在某某爷爷的坟前找到了多少多少面灯。原来，元宵节荒野中的点点鬼火就是活人给死人供奉的面灯，俗称"上灯"。

我们家从没有上灯的习俗。儿时，妈妈最怕孩子问起这件事情，主要是怕父亲伤心。稍大才知道，爷爷死得早，土葬后，没几年就赶上平坟头建农田，坟头没了，也就不再上灯了。奶奶去世那阵子，正推行火化，老人临死害怕火化，遗言千万要土葬。当时，半夜里，父亲提心吊胆地偷偷把奶奶埋了，连坟头都没敢起，更无法上灯了，到后来连埋葬奶奶的确切地点也找不到了。每到元宵节，父亲总是难过，就一个劲地烧纸钱，我们笑话父亲搞封建迷信。父亲却说，"奉神不如奉亲"这个道理他懂。"敬神如在"，连孔老夫子都说"不知生、焉知死"，都不确信世界上有神灵，父亲又怎会相信这个世上会有鬼呢？他之所以那样做只是自我安慰，排遣一下绵绵不尽的思念罢了。当时，我们根本不理解这一切。父亲到了老年，常自怨自艾地说："我没有给你爷爷、奶奶上灯，等我老了可记着给我上灯呀"。

如今，我远在外地，看着那漫天缤纷绚烂的烟花，听着那如同雷震般的爆竹声，心里没有一丝的高兴。妻子没有做面灯，只是买了元宝一样的蜡烛，我和女儿把房间里的灯全部打开，然后把每个房间都点上蜡烛。再学着妈妈的样子也给我的女儿照一照耳朵，女儿稚嫩的声音问我：

"爸爸，为什么点那么多灯呀，还要照一照？"

我无言以对。如今女儿也像我小时候一样无法理解她的爸爸了。倒是女儿把所有的电灯全部关掉，只是让蜡烛亮着，她说，这样才有烛光晚餐的味道。

无法为已逝的父亲上灯，心里好像缺少什么，又好像有一种委屈充斥着，很沉重、很苦闷。我不由自主地走到郊外荒野，任由寒风吹疼婆娑泪眼，茫茫夜色里，星星点点到处是如花的"鬼火"，我知道那是面灯，是一种寄托。

周拉

碰见以前一位老领导，头发花白，像白菊，满面红光，那是老来红的颜色，我致以敬意，他悠悠地说："来掰椿芽，才三天就长这么大，再过几天就不鲜了。"他接着问我："谷雨今年多大了！"或许他是看到了我鬓角的白发。

我说"也五十啦，您该有七十了吧？"

他接着说："是啊，时光不等人啊"。我深有同感，总觉得日子一天天过得飞快。他接着说："前天碰见小杨，头发也白了，当领导了，操心啊，聊了一会，说再有两年也退了，看，周拉一年，周拉一年，真快啊！再过几年，单位都看不到熟人了啊！"

"周拉"是我们这里的方言土语，用哪个词来替代好呢？是不是像如今淄博烧烤的"翻台"，入座时略矜持，言谈举止尚斯文；酒过三巡，原形毕露，咋咋呼呼，进入高潮；打着饱嗝，晃晃悠悠离去，那是尾声；服务生过来揭去餐桌布，擦净餐桌，重打锣鼓另开戏，又上一桌美味佳肴，接着排队的一拨人入场了，这就是一次"周拉"的完整轮回！

"周拉"是时光如水的口语化，形象化，这不还没来得及去赏杏花，杏花"周拉"落了；没来得及去摘桃花，桃花"周拉"谢了；没来得及去看梨花，梨花"周拉"化作春泥，当朋友又去看了流苏花开，我知道又一个春天结束了。接下来是"夏满芒夏暑相连……"而今年楼前的石榴树发芽特别晚，每次从树下经过，我都会看一眼，暗问"红似火呢？"昨晚还与丫头争论："石榴花是阴历五月开放来吧？"

丫头说："才不是呢！是阳历五月，五月石榴红似火嘛！"

我反驳："不对吧？如今阳历五月都要过完了，我们楼前的石榴树怎么连个花骨朵都没有？"

她又说："今年天冷，是节气稍晚了。"

不管花早花晚，谁也禁止不住时光的脚步，钟表"嘀嗒嘀嗒"声音急促，像是赶着时间快走快走。

我刚码字说完一句话，准备去码字下一句话时，一错神，竟忘了想说什么，年龄大啦，思维迟钝了，然而时间却从不讲情面，不会停下来，等一等。

我又重新读了前面的话，接续下来，才想起与朋友爬山时，他说："我想走得远一些。"

我扶着他，说："那就得走快一点吧。"

他直了直腰说："老迈无力，走不动了呀。"

我安慰他说："那就慢慢走，等太阳落山，我们再回去。"

若要走得远，要么走得快，要么费时长。可是，人生就那么长，要想走得远，就得走得快，这无解！"龟兔赛跑"，说小兔子输在轻敌自大上了，可是若按生命的长短去衡量，兔子跑不过乌龟。人生就那么长，还是多想想一步一个脚印，走得稳，走得开心，行走得才有意义，有价值吧！

"周拉"一天，"周拉"一年，花开花谢，转眼人就老了。人生的意义呢？是要走得远，去寻找诗意吗？还是尽量苟且，贪图一个惬意呢？唉！没有诗意的人生又怎么会有惬意！

绿皮车

　　小时候，从不把绿皮车当成冰冷的机械，就像不把解放车当成冰冷的机械一样。绿皮车的绿，绿得柔和亲切，和绿水青山融成一体，是绿水青山的一种延伸，是走出乡村的希望。如今，飞奔的绿皮车不见了，梦里我把绿皮车当成神树，当成美丽的阿拉丁飞毯。

　　我的老家很小，上百户人家，三面环岭，一面小溪，小溪出村口，有一架小桥，桥下溪水流，桥上火车跑。那年月，这就让一些山区的小朋友极为羡慕，谁家来了山里的客人，都会到村北看火车，火车擦身而过时，轰隆的声音，只觉得地动山摇，不由得会后退几步，有时候火车大喘气，会"吱吱"地喷出好长一道白气，飘落身上，湿湿的。据说第一次见火车的一位老奶奶还闹出了笑话，说"这大家伙趴着都跑那么快，要是站起来还不像飞一样"。村北靠村口的几户人家，却不堪其扰，火车隆隆，并且每到村口都会汽笛长鸣。曾有人把树立在火车道旁，写有"鸣"字的杆子推倒，上面调查下来，要抓人，村里推说不知道，但从那一直到现在，"鸣"字一描再描，清晰刺眼，再没人打"鸣"的主意，火车一直"呜呜"鸣叫至今。

　　小时候，因为从没坐过火车，貌似绿皮火车和我一点关系也没有，但是又天天见火车，与火车有着紧密的联系：跟着火车跑，学火车的叫，"突、突，咕突、咕突，咕突突，咕突突，突突突突"，耳熟能详，我们比赛谁学得更像，每个人都成了学火车声的口技大师；火车道两旁栽种一丛丛的白蜡条，夏天可以从上面逮到稍迁猴、瞎闯子、蜉蝣子等好吃的昆虫，秋天叶落，小手指粗的白蜡条在风中摇曳，尤其是火车过处，吹得它们几乎要逃离地面，我们就用镰头割下一捆，编筐编篓；在我们眼里火车分两种，一种是黑色，我们叫货车，又脏又高又长，货车经过，我们会扳着指头数数有多少节车厢，火车过后落我们一身灰，但是我们很喜欢这种车，它过去之后，我们能捡到比火车还要黑的炭块，要是运气好，捡上三个月的炭块，就不愁过冬。一种是绿皮车，这是客车，因为坐这种车要买票，我们也喊它"票车"，有些时候票车的窗子会打开，乘客会探出头，我们就把羊、牛赶到老远处，追着火车跑，高声喊唱，惹乘客注目。票车会给我们带来更大的快乐，因为票车经过，我们会幸运地捡到一些花花绿绿的包装纸，比花好看，夹在书本里，炫耀好久。

坐火车，需要跑到三公里外的"宫里火车站"，一个顶小顶小的站台，最多能站开二三十人的样子，而"宫里"却有着美丽的传说，传说是汉武帝刘彻封禅新甫山、梁甫山时下榻的地方。我第一次坐火车，是一九八四年的秋天，那时候父亲得了重病，在原泰安附属医院住院，当时医院在楼德公社，因为地处徂徕山的南边，站名叫徂阳火车站，徂阳站距离宫里站仅三站路，母亲带我去看父亲，坐火车最便宜，车票有半个火柴盒那么大，隐约记得大概是几角钱，硬纸板做成，检票员在上面剪一个"M"牙儿，然后把我们从候车室带到站台上，我们站在站台上等，我不时从站台探出头去，斜扭着身子，顺着铁道远远向后看，不时被大人喊回来，被列车员训斥。第一次登上绿皮车，心情忐忑不安，看着哪儿都觉得新鲜，哪儿也不敢动，第一次发现，绿皮车里面的色调也是绿色的，还有绿色的警察，绿色的大水壶，车上有一个孩子和我差不多大，他竟拿着一个绿色的玩具火车，那绝对是我们那列绿皮车的翻版，害我不错眼珠地盯着人家，直到人家大人拉走孩子。

从第一次坐火车之后，我的每一次外出和回家，都与小站紧密地联系在一起，出门父母送，在小站；回家，父母接，也在小站，这个小小的车站，竟成了我一个久久的牵挂。二十多年了，这趟线不再跑客车，我也没有再回过那个小站。站台上有两棵柳树，三四个人合抱那么粗，枝繁叶茂，比丰子恺画的柳树还好看，而在我的心里，那是两位迎来送往的老人。先父曾写过一首小诗，曰"湖边移来小站栽，垂丝缠影剪不开，又见叶上凝霜在，再等明年春风来。"

丫头所住的小镇，也在这趟铁路线上，我们每每把候车室当做约会之所，绿的车，黄的墙，红的瓦，还有各色的人流，各色的花，我们觉得小站真美。每次我去或者她来，都相聚在小站，在小站徘徊，沿轨道走出好远好远，那时候心地清纯，友谊一如轨道，平行往前，没有交集，只是返程的列车要来时，才恋恋不舍，千叮咛万嘱咐，约定下次相见的时间，见出行者涌入车站，挥手告别，看归来者离开车站，欢天喜地，一时百感交集，握手垂泪，更是难分难离。

故乡地处磁窑到东都之间，很多人已经说不清什么时候修的火车道，什么时候通的火车，听老辈讲，一九三八年，日本鬼子进新泰，之后修建火车道，磁窑通东都，号称赤柴线。将东起东都、张庄、孙村、协庄，西到禹村、华丰、磁窑的煤炭源源不断地运出去。为了保证运输安全，他们还在大协修建炮楼，如今这座炮楼还像一贴狗皮膏药一样贴在铁道旁，成为日军侵华不可磨灭的罪证，成为新泰人民的耻辱。据了解，新中国成立后，铁路回到了人民政府的手里，六十年代初，又续修了新泰、莱芜东路段。客运货运都开始运营，只是新泰一线是支线，干线车皮紧张的时候，绿皮车都调往干线，新泰会临时使用"大闷罐"，之后，条件逐渐变好，绿皮车才真正走进人们的视线。当这一段的交通运输情况火车不如汽车快捷时，大概在二〇〇〇年前后，客车停运，绿皮车走出了人们视线。

　　如今，不少人在怀念当年的绿皮车，当年济南到莱芜东这趟列车，大约二十多个小站，每站必停，有时候为了与干道上的车错时，在小站一停就半个多小时，晃晃悠悠，二百多公里的路要跑大半天。那时候的生活是闲适的慢节奏，如今科技发达，人人都像上了发条，无休无止地奔波，奔波。可别小看这不起眼的一段支线，一九五九年四月，毛泽东从上海回北京，曾将专列转到这段支线，停在磁窑至东都之间的某个车站或车站附近，长达十八个小时，还下车在田家英、李银桥、冯跃松的陪同下，到路边田间散步、照相。后来，有好事者根据照片印迹，走访多人，考证出毛泽东的专列停在华丰站附近。

　　上大学时，不管是从磁窑转车还是从泰安转车，坐绿皮车是最好的选择，一车的乡音，连列车员的报站声"宫里站就要到了，下车的旅客，请您携带好自己的行李物品提前到车门等候下车"都觉得那么亲切。而挤火车、爬火车、逃票等零碎的故事，如今同学们坐在一起，还是聊得津津有味。还说幸亏那时候瘦，大家先从车门硬挤进一个人，打开车窗，几个同学趁列车员不备，先把行李扔进车窗，然后再快速地钻进车内。三四个同学，买一张票，遇到查票，来回倒票，实在没辙了就躲进厕所里不出来，若是在车上碰见熟人那就更开心，张罗着换座位，打扑克。春运期间最挤，车门口、走廊里都站满人，像是烟盒里的香烟，都直挺挺地站着。那年月站台也热闹，喊话，吹哨，下车上车，大人喊小孩叫，如今高铁的站台，真是井然有序，一些年轻人，看着列车来了，才装起手机，连个大声喧哗的都鲜见，都像驴子一样的按着标识上下，若说提高了素质，不如说少了些人情味。

　　我最后坐绿皮车是二十几年前，那是从徂阳火车站赶往新泰站，女儿一岁多，她先是在站台上等车时，连滚带爬，玩了一身的灰土，然后到新泰站又赖在站台不走，绿皮车肯定不会给女儿留下深刻的印象。

而最难忘的一次绿皮车经历，却是二十几年前的春节前夕去丹东办案，那是一次押解任务。开始时是把他的两手分别铐在我们的手腕上，但上车时很拥挤，三人连体根本挤不上火车，记得当时乘警也很无奈，后来，我们将他反铐起来，前拉后推才上了火车，登上火车的一刹那，我的腰带"啪"的一声崩断，枪掉在车厢的地板上，有人喊"枪，手枪"，四周突然安静下来，我弯腰捡枪，许多人都侧着身子纷纷让路，有人还小声嘀咕："别是杀人犯呀！"。丢丑不是我最难忘怀的，难以忍受的是这趟绿皮车，晃晃悠悠，我们足足待了五天，吃喝拉撒都紧绷着神经，一开始是硬座，后来乘警协调，我们去了餐车，最后两天才住进包厢，上下三层的包厢，又窄又挤，我们尽量减少洗漱、如厕的时间，避免与犯罪嫌疑人分开，身上全都馊了，臭气烘烘，其苦难当。

如今再谈绿皮车，恍然若梦，也仿佛一夜之间，绿皮车消失了，取而代之的是动车、高铁、是漂亮的"和谐号"，看颜色都觉得那是高科技，多见银白色，十分高冷。而随着高铁的运行，绿皮车被远远地抛在人们的记忆深处，而我们下一代的记忆里，或许连绿皮车的影子都不存在。可每次看到电视机里播出一列绿皮车来，那种亲切、冲动是莫可名状的。社会发展是前进的，任谁也阻挡不了历史的滚滚车轮。

我挥一挥手，告别"绿皮车"。

我挥一挥手，登上高铁！

几棵树

　　周末，几位朋友来我家做客，一进小区他们就发现了蹊跷，但是酒过三巡，喝到面红耳赤了，有一位才忍不住问我："你们小区的楼号怎么排得那么乱？按说这栋楼的前面是七号，后面是九号才对，怎么前面是六号，后面是十号，旁边也不见七号，那七号楼哪里去了？"还没等我回答，大家七嘴八舌地聊起来：

　　"哦，你没看到呀？就是进小区大门后，右拐的那一栋，老百姓讲话'上座'的地儿。按说那是显眼的位置呀，你应该看得到呀。"

　　"是啊，我也注意了，那边有棵大树，是几百年的柿子树。想不到这个新建的小区，还有那么古老的树，好看！"

　　"那栋楼的周围，好树多着呢，东边还有两棵千年银杏，南边有棵两百多年的枸杞，还有一棵白丁香，一棵白玉兰，都上百年呢，名贵就名贵在年岁长。"

　　"恩，都很名贵！我明白了，不是土生土长，是花钱买来的吧！能好活？"

　　"专门有人侍候，刚挪来的时候，树身上都挂着吊瓶，树底下铺着毛毯。那可不是一般待遇呀！"

　　"你家这栋楼前后，可没什么值钱的，法桐树除了长得快，没什么用处呀，木质烧柴都不顶用，那丛竹子倒是好养活，不用管也年年生。

你家这栋楼没七号楼地位显赫啊！"

面对朋友的调侃，我没有解释，只是说"我喜欢法桐，长得快，才十年，你看树冠盈盈如盖，孩子们在树下玩得欢呢。那竹子更可爱，一年绿到头，傍晚白头翁、麻雀、伯劳等小鸟成群结队地飞到竹林栖息，一大早，小鸟叽叽喳喳叫醒我们。再说有竹才高雅，"宁可食无肉，不可居无竹"嘛。那些名贵树木，的确名贵，十年来依然病病恹恹，没有变化，没有活力，不觉得好看，倒觉得像沧桑老人，叹息着背井离乡，故土难离。"

我想赶紧结束这个话题，不停劝酒，朋友却不依不饶，继续胡侃着：

"不用说也知道，七号楼住的不是一般人吧？'七上八下'，自从'七'流行成幸运数字后，喝酒要喝"七"口，手机号要"7"连号，车牌要带"7"。身份证也要挑带"7"的，住楼要住七号楼。楼层也是七楼最佳。好家伙，为了要住'七'号楼，连顺序也不顾了，按顺序应排三号的楼，硬是排成七号。楼前弄得跟苏州园林似的，怎么能这样呢？"

"呵呵，这未必是上头的意思，下边人拍马溜须也未可知呀。"

"怪不得要把权力关在笼子里呢！"

"呵呵！不说了，不说了，不就几棵树的事嘛！喝酒喝酒。"

一场累人的聊天仍在继续！

一汪水映月

"林花谢了春红，太匆匆，无奈朝来寒雨晚来风。胭脂泪，相留醉，几时重，自是人生长恨水长东。"着雨的林花，娇艳欲滴，好像美人的胭脂泪。而不着雨的花儿一样的动人心魄，一样也有胭脂泪，如李贺写《苏小小墓》的首句"幽兰露，如啼眼"，富贵树也经常滴垂晶莹的花露，人说那是富得流油，因此叫富贵树。午后，夕阳斜照，一片硕大的荷叶上，竟也滚动着露珠。一花一世界，一叶一菩提，我实在看不得那晶莹的露珠，纯净无瑕到把我淹没，使我梦魇——

月照西楼，清辉入帘，四周寂静，如竹木一般硬邦邦地躺在床上，听不到自己的呼吸。仿佛穿越到《聊斋》的世界里一样，也无风雨也无晴，不悲不喜、不忧不惧、不麻木也不绝望，似有我似无我，老僧入定是什么状态呢？或许如实！

心里觉得堵，觉得压抑，觉得酸楚，抑或委屈，还疼，不由自主地把手轻轻地搭在心口窝，抚摸着，还跳，还热，屏住呼吸，我轻轻地揉捏着膻中穴，像是惯常揉捏的那块蓝田碧玉，似乎能揉出水来，似乎有一股怨气、愤气、怒气，又有无法描述的哀伤、无辜、无畏、无奈，等等情绪，发乎内心，散于四肢，透出身体，与月光融合，身心松下来，松下来，想抬腿却抬不动，想翻身却翻不了，想睁眼却睁不开，如鬼附身，自己被禁锢在自己的肉体里，沉进万丈深渊里，黑呀，睁开眼也看不见，天地离我远去了！

我在哪？我是谁？没有答案。

意识恍惚了许久，手指的揉动还没停止，一下一下，心口必有朱砂般的印记了，一下一下，像手持捻珠，轻唱佛号，如梦如幻。

蓦然，眼角痒痒的，泪珠儿如佛珠淌下。我从没有细细地感知过一次流泪的滋味。我的心再一沉，一静，体验着，泪，不温不凉，不急不缓，淌过面颊，竟一世纪那般长，恨不能一夜白头，让泪流尽。

这一夜，枕头里一汪水，清可鉴人，映得冷月清白。

唉，我竟从心里揉出来一汪水来，这汪水是谁的？是谁存放在我的心里？

一夜辗转，临明坐起，随手抓起枕边书，在空白处记下这流泪的体验，心情稍稍舒坦，这本书是董桥的《青玉案》，脑海里浮现张衡的《四愁诗》"美人赠我锦绣段，何以报之青玉案"，一时思绪绵绵。董桥文笔雅致，心尖如芒，触及一件件古玩字画，道来一个个才子佳人，过眼云烟里，闪出一点点佛法禅意，揉抚人的心，就像这一夜。再定神，觉得我这胡乱涂画的字迹弄脏了这本书。像我这般无病呻吟的话语，董桥怎么会写呢？

蝴蝶蓝

　　在通往玉龙雪山的缆车上，透过郁郁葱葱的花草树木低首俯瞰，那蓝蓝的月亮湾像是镶嵌在崇山峻岭间一颗璀璨的蓝宝石，散发着蓝莹莹的柔光，令人怦然心动，在绿色植被的掩映下，是那么惹眼，那么诱人，一下子就吸引住游客所有的注意力。

　　从玉龙雪山上奔流而下的圣水，像随风起伏的洁白哈达，远远铺来，溪流渐近渐宽，清澈透明，可以毫无阻碍地看到水底的石灰岩，激冽的溪水拍击在溪边的怪石上，如碎玉珍珠般激起的水珠，除了感觉有点油质般的黏滑外，一点都看不到蓝色。牦牛、绿树、红花、雪山、游人和土著人的各色服饰，争奇斗艳，多姿多彩，欢声笑语、鸟语花香，真是神仙境地。一桥之隔，溪水聚处，形成蓝色的湖泊，这就是弯弯的蓝月亮，这就是蓝蓝的月亮湾，如波斯少女清纯明净的双眸，令人心荡神驰，令人神往不已，令人陶醉在她蓝蓝的、深情的柔光里。

　　蝴蝶泉边，游人如潮，都在寻觅蓝色的蝴蝶梦。五朵金花演绎的烂漫爱情，蝴蝶泉边的幽会，风花雪月，迷乱着数以万计少男少女的心，这绝不亚于梁祝化蝶故事的凄美婉约。

　　大小不一的蝴蝶多姿多彩，像是一个个参加生日聚会的少女，像是参加晚宴的舞女，翩翩起舞，夺人心目，蝴蝶本身就是美丽的神话，让人目不暇接。

其中，有一只蓝色的蝴蝶环绕着他，翩翩舞动着，也像是寻觅莫名的情感。他俯下身来，轻轻地从一朵蓝色的蝴蝶花上捧起那只他始终都没有放弃追逐的蓝蝴蝶。凝神聚气，小心翼翼地呵护着这个小小的生命，怕对她有一丝的冷落和伤害，他明明看到她就是那只一路跟来的住在月亮湾深处的蓝色精灵。

轻轻举过头顶，双手一举一落，蝴蝶没有离去，他向前一推，蝴蝶借助他的力量，飞过头顶，绕过花丛，转了一圈，又飞回他的身边，轻移舞步，时高时低，飘忽不定，他内心突然生出许多的柔情蜜意，蝴蝶恋他正如他恋蝴蝶，想到这，他目光聚焦蝴蝶，眼神随着蝴蝶的起落而飘忽，以致迷恋而心痛，他不自觉地伸出双手，想挽住蝴蝶，手触处，蝴蝶飞去，再也不肯顾盼他，他失落，心痛，无奈，泪珠儿在期盼的眼睛里打着漩涡，他不自主地轻声慢语：缘尽处，落花流水天上人间两不知，天尽头，何处有香丘。蝴蝶好像听懂了一样，又倏地落回他的肩头，两个硕大的翅膀完全铺下，静静地附在他的身上，那么地放松，那么地悠闲自得。不知是不忍离去，还是不愿离去，久久不动，他的心都要跳出来了，他好恐惧，蝴蝶是不是累坏了，是不是要香消玉殒？他想起了香妃，香妃逝去，蝴蝶殒命。他不懂得蝶语，亦不懂得蝶心，两种不同的生命轨迹，在这一刻却撞击出生命的火花，这火花让一切凝固于斯，让春风陶醉、使蝴蝶忘舞、令月亮湾更加幽蓝。

从此，他心性大变，从喜欢黄色变成喜欢蓝色，蓝色是充满梦幻的色彩，清澈、浪漫、宁静、遥远、寒冷、深邃、忧郁、温柔，蔚蓝色的天空和大海，又造就了蓝色的博大。《蓝色妖姬》令他迷惑，《蓝色生死恋》令他伤痛，蓝色的蝴蝶难道不是他蓝色的梦幻吗？离开丽江、离开洱海，远离了蓝色的蝴蝶，他恰如梦断江南，魂牵大理，思绪如潮如烟如缕，不绝不断不弃。他期望再次遇到那只令他魂牵梦萦的蓝蝴蝶。

在河畔垂柳的绿荫下，在高楼大厦的窗口外，在小提琴协奏曲《化蝶》的荡气回肠里，一只蓝色的蝴蝶一闪而过，是那么迅速地，如闪电般地一闪，恰恰这一闪而过如灵光过脑，启动了他蓝色的梦幻，一向多愁善感的他不再疑惑，一向小心谨慎的他不再退却，他暗问"蓝蝴蝶，是你吗？"在月亮湾，在蝴蝶泉，在洱海苍山，那个曾经让他失魂落魄的蓝蝴蝶，越过千山万水，任凭时空转换，来了，真的来了，就在一个雨后的清晨，蓝蝴蝶迎着朝阳，披着霞彩，风尘仆仆，满面含笑地来了。鬼使神差，他们相遇，生命顿时绽放出了异彩，只要幸福，只要自由自在，随心所欲，至情至性至爱，何惧流言蜚语。

他仿佛一下子也变成一只蓝蝴蝶，他们紧握双手，双目相对，无语凝噎，过了好一会儿，像是心底的自问，又像是久违的倾诉：

"你是我今生的期盼。"

"你是我前世的夙愿。"

"你前生欠我的。"

"我现在还给你。"

"来生，还有来生呢！"

……

他们偎依着，轻吻着，呵气如兰，相互细数着彼此的心跳，相互吮吸着各自悠悠的体香，他们拥抱，紧张、刺激、热爱，在绿林中穿梭、嬉戏，像是在月亮湾漫步，别人分不清哪一只是蝴蝶，哪一个是他自己，缠绵时，他们疯狂了，陶醉了，死掉了，他们时而双眉紧锁，时而全身放松，时而痛苦欲泪，时而羞涩娇柔，时而大胆放肆，时而温文尔雅……他们难分难舍、整日腻在一起，就连他自己也分不清哪个是蝴蝶，哪个是自己，他不知道是自己爱蝴蝶多些，还是蝴蝶爱自己多一些，不知道谁的感情如洪水，谁又淹没了谁。他想起了李商隐的情诗《锦瑟》，"锦瑟无端五十弦，一弦一柱思华年。庄生晓梦迷蝴蝶，望帝春心托杜鹃。沧海月明珠有泪，蓝田日暖玉生烟。此情可待成追忆，只是当时已惘然。"他害怕这段感情易逝，他担心此情成为追忆。蝴蝶也喃喃自语，他突然听懂了蝴蝶的心语："我想你深处正是你想我浓时，我欲呼你时，你正张口呼我"，这不是"身无彩凤双飞翼，心有灵犀一点通"的感应，而是灵魂始终在纠缠，内心一直在呼唤。

"庄生迷蝴蝶"让世人醉心了几千年，"蝴蝶梦醒庄生惘，庄生梦里蝴蝶飞"。迄今谁又能说清到底是庄生梦蝴蝶，还是蝴蝶梦庄生，是谁活在谁的世界里呢？正像蓝蝴蝶和他的缠绵，也根本分不清是现实还是梦幻，人生如梦，梦亦如人生，百年这一身，难逃那一日。有梦的日子，未尝是件坏事情呀。

他们都迷茫了，"作茧自缚"时的茧壳还在枝头摇荡，迷恋粉蝶的黄蜂还在蠢蠢欲动，而今蝴蝶又背负上了千钧之爱，它怎么还能翩翩起舞、流连忘返于万花丛中呢？永不言悔的蝴蝶还是垂泪了，他用他的心品尝了蝴蝶晶莹的泪：是苦的，因为虽处同一个世界，却既不是人仙之恋，又不是人鬼之恋，连人狐之恋也不是；是甜的，因为蝴蝶有爱，精神之爱，情感之爱，幸福之爱；是咸的，因为蝴蝶无奈，心有所附，身却有所归，短暂的生命不能永久的依附；是酸的，因为蝴蝶有怨，命中相逢难以厮守，错过花开，时光不再，明月不来……百般滋味，他又怎能说清，他也在流泪，流在了心里，流在了梦里的蝴蝶泉。

画笔 青山有幸入

范扬先生不顾车马劳顿，来新泰后，直接先去了莲花山写生，他盛赞莲花山景色优美，流连忘返，暮色苍茫时方才下山，大家始终团簇在范扬先生周围，一路说笑，竟没有倦容，从范扬先生游是愉悦的、充实的。

莲花山归来，大家欢聚一堂，范扬先生喊我坐他近前，得以与先生促膝交谈。但是，范扬先生的学生杨军、曹大元、袁泉等加上众多的"范粉儿"，都欲向他请教，与他交流，所以整个晚上，我静默的时候更多。静静地坐在一旁听范扬先生说话，也是一种享受。范扬先生是南通人，我问他什么时候离开的南通，他说恢复高考时候考学出来。而他南通的口音依然很重，南通我认识的朋友有学者藏书家沈文冲，有作家诗人葛坤宏，和范扬先生聊起，他们并没有交往。范扬先生说话的声音不大，语速却急促有力，因他学识渊博，世事洞明，因此他的表达会更加清晰准确。说到莲花山风景迷人，称赞新泰说"新泰好，心态好，来新泰心态会更好。"又说起对德高望重的知识女性应该称先生，如称宋庆龄先生、杨绛先生，他笑着，也随口喊胡明月女士为胡先生，喊李夏夏女士为李先生，范扬先生平易近人，幽默风趣，不时引来一片掌声。

莲花山又称新甫山，与泰山襟衣带水，一脉相承，又称小泰山。自古以来，赞美莲花山的诗句不胜枚举，最早《诗经》有"徂徕之松，新甫之柏"的诗句，的确，时至今日徂徕山的苍松、莲花山的翠柏都十分茂盛。后来汉武帝于莲花山立无字碑，相传手植卧龙松（又传为六朝松），历朝历代文人墨客对莲花山的雄伟壮观也多有吟诵。有清以来，诗人吴伟业、王世祯、查慎行、洪昇等或进京或返乡，凡途经莲花山，都有吟诵，而为莲花山绘画写生的画家却并不多，即使新泰当地书画名家徐枯石先生也没有画过莲花山，这是多么令人遗憾的事情。

今范扬先生由衷赞美莲花山的雄伟博大，且写生作画，一挥而就，用他"浑厚华滋"的笔墨将莲花山胜境永远地凝结于笔端，且他还意犹未尽，告诉我说晚上将再画一幅小画"天成观音"，要书写新泰诗人赞美莲花山的诗句，还要相约他的朋友来画莲花山，要带领他的学生明天再到莲花山写生，云云。范扬先生还打开他的手机存图，给我解释着他眼中莲花山的雄美。另外，范扬先生还一脸"兴奋"地翻出一张照片：在一片草丛里，一只美丽的野雉正翘首四顾，羽毛多彩艳丽，从范扬先生的高兴劲儿，我看到了范扬先生有一颗童心。我告诉范扬先生去年范治斌先生来的时候，碰见了松鼠，是一只黑色的小松鼠，这都是大山的精灵，它们以它们的方式欢迎画家们的到来。其实，欢迎范扬先生的还有那进山路上两排新绿的垂柳，如仪仗队严正而立，又如婀娜的妙龄女郎牵绊人心，还有拂面的春风，还有烂漫的山花，关键是有那么多喜欢范扬先生书画的朋友……

"无双毕竟是家山"。没有比听到自己特别心仪的一位画家盛赞自己家乡的名山更让人开心的事了。我赞范扬先生的山水"浑厚华滋"，先生也引以为知己之语。他的山水不管是用墨用笔，绝不是轻描淡写，绣花一般伏案精心制作，而是一种面对大自然的美，胸中豪气弥漫，笔墨随之涌动，且挥洒有力，是一笔一笔写出来，力透纸背，真实不虚。所以他的画墨色皴染，似乎突兀出纸，仿佛立于纸面，如真山真水，雄浑厚重的感觉特别强烈。未见范扬先生作画时，我甚至这样想象：一张素白的宣纸上，范扬先生要用几多的笔墨，几万钧的力量，费多少的时日才能画出这种效果来？其实不然，范扬先生的如椽巨笔只有几管而已，颜料，水墨也仅仅有一小砚堂而已，范扬先生绘画是轻松愉快的，比聊天喝茶还自由自在。由于他的作品充满厚重感，洋溢着力量，感觉他的山水画卷是卷不起来，拿不动的，欣赏他的山水画，才真是"高山仰止，虽不能至，心向往之"。阿训曾一遍一遍给我描述范扬先生作画：范扬先生先勾勒，再上色，勾勒时看不懂他的留白，上色了才惊讶他的美妙。说他举重若轻，一挥而就，也就诵一遍《金刚经》的功夫，莲花山雄伟的气魄跃然纸上。后来我亲见范扬先生于风雨之中画观音阁、卧龙松，水墨酣畅淋漓，画面构图新奇，虽是写生却又有自己的取舍变化，气韵生动非常。范扬先生说云气、雨气、墨气、人气都融于笔端了，自己也十分满意。范扬先生的山水是传统的，是浑厚的，可游，可赏，可居，是博大精深的，也是无私无畏的，是活山活水，是真山真水，有着勃勃生机，他画花儿草儿亦是如此，能让人感觉到生命生长的肆意和奔放。笔墨随人，范扬先生同样是无私大度的，而他的画引起纷争，价格不断升高，并不是他所希望的。"人心惟危，道心唯微"，如果人心如他的书画一样美好就好了。

大美无言，大爱无言，历来为莲花山题咏的名家不乏其人，当代在莲花山留下刻字的大师也不少，如启功先生、欧阳中石先生。但是真正画莲花山的名家并不多。范扬先生为莲花山写生造境，是莲花山人莫大的福气，这在莲花山的历史上也是一笔浓墨重彩。据说陈平先生画过几幅莲花山，我见过他画的观音禅院一角，可惜他画的莲花山图没有留在新泰；范治斌先生在莲花山写生，他画的莲花山图也没有留在新泰；多么希望范扬先生能多多地画莲花山，他的莲花山作品能留在新泰。

别拿孩子说事

　　去年这个时候，小康两口子约我们去爬山，很低矮的一座小山。丫头发现一株蒲公英，蒲公英的种子绒毛全部张开，如花，如球，蓬蓬松松如碗口那么大，丫头轻轻地采下，放到嘴边，深吸一口气，使劲一吹，绒毛飞舞飘向四方，阳光下，如梦如幻，显得丫头很是神圣。成熟的蒲公英渴望着"大风起兮云飞扬"，这一刻它丝毫不怜惜自己的孩子，唯担心孩子们飞得不够远，找不到落脚的好地方。

　　今年好多花盆里不知什么时候竟长满浓郁的三叶草，又叫酢浆草。开小黄花。它的果实成熟后，像小豆荚一样的外壳，会突然炸裂开来，褐色的种子会被弹射出去，飞得老远。甚至还能听到"噼噼啪啪"的美妙声音。花盆附近的白色墙壁和地面，也会出现星星点点极为细小的种子。不知道的，会以为是跳蚤或其他的小虫。三叶草对待孩子的方式比蒲公英还要暴力。相当于人类把孩子以打骂的手段丢到好远的地方。

　　不管是蒲公英，还是三叶草，为了能让种子远离自己，借助外力也好，自身暴力也罢，可谓煞费苦心。我们对此只有欣赏，没有指责。因为我们知道它们是为了孩子的将来，为了孩子能安家立命，"父母之爱子，则为之计深远"。可有很多人，却连草木也不如，常常拿孩子说事，利用孩子为非作歹，何其悲也！

昨天晚上，对门邻居孩子没好声地哭喊，我和丫头赶紧跑过去，孩子妈妈正流着眼泪打孩子，孩子爸爸气呼呼地面窗站立，一句话也不说。丫头是见不得孩子哭泣的人，一把揽过孩子，气愤地说："你们两口子爱怎么吵怎么吵，别打孩子撒气"。一句话说得孩子妈妈嘤嘤抽泣……

拿孩子说事，并不是邻居家的首创，历史上比比皆是。

戏剧《赵氏孤儿》源于司马迁所著《史记·赵世家》。是说晋灵公时，奸臣屠岸贾残害赵盾一族。其子赵朔的妻子避入宫中幸免于难，并产下一子，起名赵武，由赵朔的好友程婴乔装救出。屠岸贾要斩草除根，找不到赵武，气急败坏，下令十日内若不献出赵氏孤儿，就把全国半岁以内的婴儿全部杀光。为了救出赵武，程婴献出了自己半岁的儿子顶替赵武被杀，门客公孙杵臼甘冒藏匿赵武的罪名被杀。整部戏激昂壮烈，其情悲壮。

蜀将赵云死力拼杀，救出的阿斗被刘备一下摔在地上，刘备流涕说："为汝这孺子，几损我一员大将！"赵云赶忙抱起阿斗，泣拜："云虽肝脑涂地，不能报也！"。

《资治通鉴》载："后宠虽衰，然上未有意废也。会昭仪生女，后怜而弄之，后出，昭仪潜扼杀之，覆之以被。""后"即王皇后，"昭仪"即武则天，武则天为争宠，灭绝人性，掐死自己的女儿，诬陷王皇后，争得皇后宝座，成为中国历史上唯一的女皇。

宋代，由宋仁宗的身世，演绎出的"狸猫换太子"，成为千古一案，包拯的美名也被历代传颂。

《水浒传》里，为赚朱仝上山，李逵杀死了沧州知府的宝贝儿子，断了朱仝退路，真强盗也。

《金瓶梅》里，潘金莲为争宠，训练她的恶猫雪狮子，惊杀西门小哥，其心何等淫毒。

孩童何辜，横遭毒手，让人心痛啊！

上周，到外地出发，透过出租车窗，看见一个少妇，用一个包袱包着几个月大的孩子挂在胸前，站在车水马龙的十字路口。红灯亮，她就快步走到车前，用手拍打车门乞讨。我递出十元钱，她转眼又走到后面的车跟前……绿灯亮，她紧张地站在路中黄线上，不敢走动，那瑟缩的样子，着实让人可怜。出租车司机却说："这个女人在这里待了三个多星期了，不值得可怜了，她拿孩子做道具，你想呀，孩子被她耷拉一天，受累不说，呼吸汽车尾气、灰尘，死不了，算命大了"。

可能许多人在旅游胜地，汽车站、火车站，都遇到过这样的场景：四五岁的孩子，穿着破破烂烂，向你伸出稚嫩的小手，眼睛可怜巴巴地望着你，脏兮兮的，鼻涕流多长，让人看着心疼。他们却算不得乞丐，同样也是道具，多是大人们用来乞讨的工具。

拿孩子说事者举不胜举，也不忍心再举。但愿这个人世间，不再有"三十六计"。让人津津乐道的指桑骂槐、李代桃僵、苦肉计……都统统见鬼去吧，让孩子在温暖的阳光下快乐地成长吧，可别再拿孩子说事了！

静好

夕阳洒落，为幽静的山色再蒙上一层金黄的薄纱。静女和她喜欢的男子，彼此静静地偎依着，和暖的阳光下，没有松涛声，没有鸟鸣声，也没有古寺里的钟声，亦没有歌者练嗓的喊山声，唯一听到的是静女的心跳声。静女很美，像画中《山鬼》，山鬼是一个身披薜荔、腰束松萝的美少女，明眸善睐，眼波含情，骑在一只骨骼清奇的斑驳大虎身上，既柔情似水，又凶神恶煞。静女是一个好女孩，她喜欢用自编的声调，低吟古老的歌谣《山鬼》："若有人兮山之阿，被薜荔兮带女萝。既含睇兮又宜笑，子慕予兮善窈窕。乘赤豹兮从文狸，辛夷车兮结桂旗。被石兰兮带杜衡，折芳馨兮遗所思。余处幽篁兮终不见天，路险难兮独后来。"

187

他们下得山来，静女仿佛是男子整个世界。男子静静地看着静女，忘记了喝水，忘记了吃饭，忘记了吸烟，也忘记了说话，唯一做的是傻傻地笑，呆呆地听，脉脉含情。没喝一滴酒，却醉了，醉倒在静女的柔情里。

　　车上放着动听的歌谣，声音轻柔，静女说着陈年往事，悦耳动听。而他自己千言万语却又觉得无从说起！变得傻了。最后，握着难分的手，男子对静女说"真傻，我们什么都没做"；静女莞尔一笑却说："我们都做了，在我们的心里。"

　　男子要走，静女斜睨着眼睛，温情款款，勾住他的魂。男子说："我走了"，拖长了声音，静等着静女挽留。

　　静女下意识地低头，说："你——回来"，时光仿佛为之停顿，"嗯——没事了，你走吧"说得轻松，眼里却有泪光和哀求。

　　静女告诉男子，短短相聚，像是一场梦。"你还是不要记住我的样子，甚至于你一回首就把我忘记"。

　　男子却问静女："你会忘记我吗？你记住了我什么？"静女很害羞，动情地说："你的脸凉凉的，软软的，像是豆腐脑儿。看来，触觉比视觉更厉害一些，看来，断手比挖眼更残忍一些。"

　　时光静静地流，泪静静地流，甜美亦静静地流，眼神迷离，岁月静好。

　　男子对静女说："怎么能够忘记你呢？永远忘不掉你那双眼的迷离，像兰花的露总在我的梦里出现。"

　　静女问："迷离？是泪眼迷离？是醉眼迷离？还是睡眼迷离？"

　　男子回答，其实这些都不是，这样的迷离怎么及得上静女。

　　嗜烟的人没带烟，接过别人递过来的烟，来不及点上，先在鼻底一横，深深地一吸，眼睛是迷离的；嗜酒的人好久不喝，酒瓶打开，来不及倒酒，先使劲地闻一闻，眼睛是迷离的，迷离是一种心理上的陶醉，是享受欢乐时的一种特殊的眼神。分别时的情侣，在转身的那一瞬，不忍看着对方离去的时候，眼睛迷离，泪眼婆娑；重逢的知己，在拥抱缠绵的时候，眼睛迷离。这是一种精神的慰藉，是心灵的安慰。

眼睛迷离时，会很模糊，很专注，很兴奋，有的人很美，优雅、高贵，我见犹怜。有的人很隐私，很少见，甚至像是眯着眼睛翻白眼一样的不雅，但是迷离的眼神，要么是无比的痛苦，要么是无比的兴奋。如果把"痛等同于快乐着"的话，迷离的眼神即是享受的眼神。

《木兰辞》里有句诗"雄兔脚扑朔，雌兔眼迷离。双兔傍地走，安能辨我是雄雌？"静女歪着头问："难道雌兔也是在享受吗？"雌兔大概是有点眯缝眼的，静女还是不懂，男子就眯缝给她看，她就笑着说没有唱歌的孙悦眯得好看，这让人恰有了"眼迷离"的例证

《诗经》里静女的约会，单纯而美好。现实中，很多人却是贪图享受，享受那片刻迷离。迷离不怕，但愿不要迷茫。

川贝枇杷膏

　　每年的夏天，对我来说无疑是炼狱，天热还是其次，空调过敏却是难挨的。

　　空调让我嗓子发紧，胸闷气短，尤其是咳嗽，几乎背过气去，越是说话，越是咳嗽，话不成句，在朋友面前很是没面子，好在朋友也没有过分关心令我难堪。在家里，亲人可以放弃享受空调的清凉，可是在办公室，在车上，在饭店，处处有空调，不能因为我的不适应，而让大家都身处蒸笼呀。为此，咳嗽也就伴随了我整个夏日，我也数着指头盼望立秋。

　　许多朋友都劝我，去看看医生吧。我不是没去，每次去查这查那，查来查去都没事，检查费用花了不少，换来一些不痛不痒的消炎药，自己吃着都委屈。当对一位远方的朋友说起这件事时，他说他和我一样，也是空调过敏，他在吃"川贝枇杷膏"，感觉有效。并特别嘱咐是京都念慈庵的枇杷膏。念慈，孝亲，本身就有说不完的感人故事。我抱着试试看的想法，就买了来，家里人也催促着我吃，我竟喜欢那杏仁的香味儿，甜甜的，入口辛凉，通过嗓子时又有炙热感，禁不住多吃了半羹匙。

　　这枇杷膏的成分含有川贝母、枇杷叶、南沙参、茯苓、化橘红、桔

190

梗、法半夏、五味子、瓜蒌子、款冬花、远志、苦杏仁、生姜、甘草、杏仁水、薄荷脑，辅料为蜂蜜、麦芽糖、糖浆。想起《红楼梦》里薛宝钗吃的"冷香丸"那是一个和尚开的"海上仙方儿"，书中记载冷香丸是将白牡丹花、白荷花、白芙蓉花、白梅花花蕊各十二两研末，并用同年雨水节令的雨、白露节令的露、霜降节令的霜、小雪节令的雪各十二钱加蜂蜜、白糖等调和，制作成龙眼大丸药，放入器皿中埋于花树根下。发病时，用黄柏十二分煎汤送服一丸即可。据考"冷香丸"一方未见记载，应该是出自曹雪芹的杜撰。但两者都有蜂蜜和糖，都应该有着甜味呢。如此想着，觉得枇杷膏一定会有疗效，才两天竟觉得咳嗽减轻了许多，胸闷也好了许多。

川贝我没有见过，陶弘景曰："形如聚贝子，故名贝母"，给我的感觉是像大蒜一样的。《本草》谓川贝味甘而补，内伤久咳以川贝为宜。川贝是常用中药，传统的功效是润肺、止咳、化痰。而在我的意识里枇杷是水果。书上说，枇杷秋日养蕾，冬季开花，春来结子，夏初成熟，承四时之雨露，肉软多汁，酸甜适度，味道鲜美，被誉为"果中之皇"。可它不仅是水果，还是难得的中药，《本草》记载着"枇杷能润五脏，滋心肺"。我从没有见过枇杷树，也没有吃过枇杷，前些年，天津美院画家贾广建来，看他画枇杷图，黄橙橙，珠圆玉润，十分喜欢。读徐雁教授的《秋禾行旅记》知道，枇杷好吃皮难剥，他跟福州书画家吴昌刚则学了一个剥皮的法"用筷子等硬物于果皮上顺向刮遍。手剥果皮十分容易。果然颗粒饱满，汁多味美，顿时吃得又快又多。"

嗨，无聊至极，吃药也吃出一些兴趣来！

蟋蟀吟

　　每次晚饭后沿平阳河畔逛一大圈，回来就在楼下的无花果树下少待，很享受地听蟋蟀还有一些不知名的小虫子吟唱。要不是有花蚊子不时偷袭，我甚至会闭上眼睛，惬意地去分析蟋蟀歌唱的节拍。

　　怀念儿时的蟋蟀吟。那时，入秋的夜里，一家人会坐在拙书堂的大院子里，一搂粗的梧桐树下，闲聊。父母亲会不时地煽动大蒲扇，有时会把蒲扇轻轻打在身上，驱赶蚊虫，有时会燃一堆从野外拔回来的半干的荆棵，淡淡的香味儿随着烟雾很快溢满小院。母亲说这个时节的蚊子咬人才厉害"七月半，八月半，蚊子嘴，金刚钻"。偶尔，一大片梧桐叶落下来，它会打到别的梧桐叶上，梧桐树枝上，沙沙地响，有时也会砸下别的梧桐叶。我们一家都喜欢这棵梧桐树，它的绿荫会遮住大半个院子，使我们一个夏季少受了多少烈日的欺负。我觉得我家的这棵梧桐树，可要比丰子恺先生笔下的"梧桐树"好得多。"那些团扇大的叶片，长得密密层层，望去不留一线空隙，好像一个大绿障，又好像图案画中的一座青山。"梧桐树的叶子，不像无花果的叶子，有着好看的花边儿，它就像团扇，像猪耳朵。要不是上面长满了毛茸茸的小毛刺，我想我会拿它当扇、当纸，丰子恺说它没有芭蕉叶大，它也没有荷叶大，比不上荷叶的清香，更比不上荷叶的光滑可亲，荷叶还有一杆长长的柄，擎着可当伞，扣着可当帽，梧桐树叶却没有这么多可爱的用处。但是在这棵梧桐树下，我们却另有无穷的乐趣。入秋，我们会拉出电灯，在梧桐树下抓蟋蟀，抓好多的蟋蟀。白天，蟋蟀把落地的梧桐叶当被，静静地躲在梧桐叶底下，不叫也不动。晚上，灯光一照，只见蟋蟀会把梧桐叶作为舞台，趴在梧桐叶顶上，放开喉咙歌唱，不时引来一些崇拜者，它们会凑凑头，来回绕着，像是久别重逢，梧桐叶成了温柔乡；也会引来一些打擂者，雄赳赳气昂昂，追逐厮打，决胜一隅，梧桐叶又成了角逐场。我和小妹会拿个酒瓶，小心翼翼地捉它们，捉满了就交给母亲。第二天，母亲会炸蟋蟀为菜，给父亲当酒肴。当然，我们白天也抓，到野外去抓，砍倒的玉米秸，晒在地里，蟋蟀怕热，它们会藏在玉米秸底下，掀开玉米秸，蟋蟀会纷纷的跳着，逃走。我们趁势追击，迅速捕抓。一会儿就会抓一大瓶，当然落网的还有很多的蚂蚱。抓得多了，炸一大盘，全家都爱吃。我和小妹会留下一些个大的蟋蟀，父母禁止我们斗蟋蟀，说"玩物丧志"。我和小妹就把它们装在纸盒子里，藏在床头，听它叫，其实也不知道是我们床头的蟋蟀叫，还是窗外的蟋蟀叫，第二天一早，往往会有一些蟋蟀死去。在我的印记里蟋蟀叫是立秋前就有的，到了立冬后才绝音，我就怀疑《诗经》里吟唱的"七月在野，八月在宇，九月在户，十月蟋蟀入我床下。"的话有错误，总觉得立秋后，蟋蟀一叫就已经在身边了，在床下了。哪里是在野、在宇、在户、在床下的顺序呢？

如今住楼房，十多层，"不敢高声语，恐惊天上人"，楼下的蟋蟀声隐隐约约，似有似无，儿时的天籁之音哪里去了呀。每晚回家，留恋平阳河畔、楼下花园，无花果树下的蟋蟀叫，都会逗留一会。前日值班，睡得晚了些，值班室在一楼，我听到蟋蟀叫了，甚至感觉到蟋蟀跑进屋子里来，在我的枕边，床尾，对着我叫，使劲地叫。到了凌晨两点，我仍没有睡着，仍在听蟋蟀叫，并不觉得烦。睡不着，就索性不睡，耐着性子听。蟋蟀，又叫趋织，蛐蛐，它的叫声总是"屈屈，屈屈"，唉，不知道它有多大的委屈呀，整夜整夜地叫个不休，像小孩子抽泣着哭个不止，我们就会骂他"你趋织趋织，趋织啥呢？"。我们老家蟋蟀又俗称"襟襟盖盖"。母亲就总是说"襟襟盖盖"叫了，晚上凉了，注意盖好被子。家乡俗语"襟"（音）就是"拽一下"的意思，"襟襟盖盖"就是蟋蟀提醒我们了，晚上加被，要"拽一拽，盖一盖"，听，蟋蟀叫声多慈祥温馨。我躺在值班室，听着蟋蟀叫，不觉得屈起身子，拽了拽被，盖了盖被，仿佛母亲在身边给我掖一掖被。等我一觉醒来，还听见蟋蟀叫，它一直在叫。这种声音，我不再觉得慈祥温馨，倒觉得很忧伤，难道说余光中诗中的蟋蟀，岳飞词中的寒蛩都跑进我的值班室里来了？